J.M.G. Le Clézio

Cœur brûle

et autres romances

Gallimard

J. M. G. Le Clézio est né à Nice le 13 avril 1940 ; il est originaire d'une famille de Bretagne émigrée à l'île Maurice au XVIIᵉ siècle. Il a poursuivi des études au collège littéraire universitaire de Nice et est docteur ès lettres.

Malgré de nombreux voyages, J. M. G. Le Clézio n'a jamais cessé d'écrire depuis l'âge de sept ou huit ans : poèmes, contes, récits, nouvelles, dont aucun n'avait été publié avant *Le procès-verbal*, son premier roman paru en septembre 1963 et qui obtint le prix Renaudot. Son œuvre compte aujourd'hui une trentaine de volumes. En 1980, il a reçu le Grand Prix Paul-Morand décerné par l'Académie française pour son roman *Désert*.

CŒUR BRÛLE

Ler lamontagn brilé tou dimoun koné
Lerla ker brilé ki koné ?

1

Ce qu'elle voudrait voir, c'est Pervenche, seulement Pervenche, telle qu'elle apparaît sur la photo de l'été 82, âgée d'à peu près trois ans, un petit bout de femme vêtue d'un caleçon blanc et d'un T-shirt orné d'un Tweety jaune canari, devant la maison de la rue des Tulipanes et le morceau de jardin envahi par les mauvaises herbes, avec toute la bande des enfants, Josefina dite Pina, l'aînée, Rosalba la Güera très pâle, l'air maladif, Clementina, la petite Maïra, Beto le berger, et Carlos, on l'appelait Carlos Quinto, debout un peu en avant des autres, la chemise ouverte sur son ventre, les cheveux longs comme une fille à cause d'un vœu qu'avait fait sa mère pour qu'il guérisse d'une mauvaise rougeole. Il y avait sûrement Chavela, l'orpheline, mais elle ne voulait pas apparaître sur la photo, toujours en hardes, son visage noirci par la fumée et ses cheveux crépus hérissés sur sa tête et emmêlés de brins de paille. Et dans la petite

maison de ciment voisine, la mère de Pina, une
jolie femme un peu langoureuse, qui passait son
temps à se peindre les ongles, et à côté d'elle
son grand-père, un vieux qui avait l'air d'un
gourou et qui appelait les abeilles en tapant avec
une cuiller sur une vieille casserole.

Clémence voudrait que ce temps dure
encore. Sur la photo, Pervenche s'est serrée
contre elle, ses petits bras potelés levés en
arrière pour chercher les mains de sa sœur, un
sourire timide, presque une grimace avant de
pleurer sur son visage tout rond. Elle ne savait
pas bien parler, elle disait « aboua » quand elle
avait soif, « doucé » quand elle voulait un bon-
bon. Clémence ne s'est jamais séparée de cette
photo, même des années et des années plus
tard, quand elle était étudiante à Bordeaux elle
avait scotché la photo sur le mur de sa chambre
à l'École de la magistrature. C'était l'image vraie
de Pervenche, plus vraie que toute la réalité qui
avait suivi. La photo est devenue pâle, racornie
par le soleil, elle est allée de réfrigérateur en
dessus de cheminée, jusqu'à son bureau au
Palais, où elle est debout un peu de travers
contre un classeur, calée par la tasse à crayons.
Mais jamais, surtout *jamais,* Clémence ne l'aurait encadrée. Sur l'image, le T-shirt est devenu
pisseux, le mur blanc a l'air écorché et les mauvaises herbes ont fané. Mais Carlos Quinto est

toujours d'un brun très sombre, avec ses cheveux sur les épaules comme un Jivaro. Chaque
fois que Clémence regarde la photo, elle peut
sentir encore la chaleur de la rue, le soleil de
midi qui brûle la terre poussiéreuse. Un peu
plus loin, passé la maison de Scooby-doo, à
l'angle, il y avait le robinet d'eau potable, et la
file des femmes qui attendaient de remplir leurs
casseroles ou leurs seaux faits dans des boîtes de
graisse avec un bout de bâton en guise de poi-
gnée. Clémence emmenait Pervenche avec elle
pour aller chercher l'eau. Pervenche avait peur
des guêpes qui tourbillonnaient autour du robinet. C'est là que les enfants se retrouvaient à la
même heure, l'après-midi, après la classe.
Rosalba et Pina, mais aussi Beto, et Chavela qui
n'allait pas à l'école. L'eau coulait en mince
filet, mais elle était propre et pure. Hélène, au
début, faisait la cuisine avec l'eau du puits, mais
elles avaient eu toutes mal aux reins, et Édouard
leur avait dit que l'eau était mauvaise à cause des
pesticides que les fermiers répandaient partout
sur leurs terres. L'eau du robinet était froide,
elle venait d'une source au pied d'un volcan, de
l'autre côté du village. Parfois l'eau s'arrêtait de
couler. Les gens disaient que la source était tarie
parce que les riches des nouveaux quartiers, de
l'autre côté du canal, avaient des piscines dans
leurs jardins. Leurs quartiers s'appelaient

Resurrección, Paraíso, Ensueño, des noms comme ça qui ne tenaient pas leur promesse. L'eau manquait un peu partout dans le haut du village, et dans le quartier de San Pablo il y avait une queue d'un kilomètre devant le robinet, des femmes qui attendaient des heures pour remplir leurs seaux.

Pour les enfants, ce n'était pas vraiment une corvée. Il y avait toujours des jeux, des rires et des cris. On s'envoyait de l'eau, les seaux se renversaient. Beto venait sur son vieux vélo tout terrain dont la selle brinquebalait, il repartait en portant les boîtes pleines d'eau en équilibre sur le guidon, sur le cadre. Avant d'arriver au robinet pour remplir la marmite, Clémence emmenait Pervenche voir le singe-araignée attaché à une chaîne dans le jardin d'une vieille maison, au bout de la rue. Il n'y avait jamais personne dans cette maison, juste ce grand singe noir au poil hérissé, méchant, miteux, qui chaque fois faisait semblant d'attaquer, ses canines jaunes exposées dans une vilaine grimace. Pervenche se serrait contre Clémence, elle cachait son visage, puis elle risquait un coup d'œil, et ensuite elles se sauvaient toutes les deux en riant. Tout ça était si loin, pourtant si vivant. Clémence n'avait jamais oublié ce temps-là, elle y replongeait à chaque instant comme dans un rêve interrompu.

La nuit, maintenant, Clémence n'arrivait plus à dormir. Elle n'avait pas passé une nuit calme depuis que Pervenche était partie. Chaque matin, vers trois, quatre heures, elle était réveillée par un coup de sonnette, bref mais insistant, elle se redressait en sueur dans son lit, le cœur battant. Paul dormait tranquillement dans son coin, en ronflant un peu.

Alors Clémence avait tout éliminé. Obstinément, comme quelqu'un qui suit un plan secret, elle avait chassé les relations d'études, les soirées avec les amis. Paul n'avait pas compris quand elle avait décidé de dormir dans son bureau, sur le sofa. Elle avait fait cela sans cris ni reproches, le visage buté, l'air indifférent, pour ne plus faire l'amour, pour refuser la tendresse qui rend oublieux et calme les brûlures.

Il avait fait si chaud l'été où Pervenche était partie. L'asphalte fondait dans les rues, les arbustes séchaient dans leurs pots. Le ciel était bas, il se mélangeait à la mer grise, une eau lourde, plombée, qui bougeait à peine, et le soir tout prenait une teinte rose perle, délicieuse et malsaine. Clémence se souvenait de ces journées, comme si la chaleur et la couleur du ciel et de la mer avaient joué un rôle déterminant dans la fuite de Pervenche, l'avaient conduite au désastre, à la destruction. Cet air, cette eau fermés, asphyxiants étaient entrés en Pervenche, l'avaient entraînée vers le bas.

Tout était arrivé pendant cet été brûlant, quand Hélène s'était installée à Cannes, dans un meublé de la rue d'Antibes avec Jean-Luc son nouveau compagnon. Il y avait eu ce voyou, ce minable, on l'appelait Red à cause de ses cheveux, son vrai nom c'était Laurent, et cet homme, Stern, soi-disant photographe, amateur de petites filles sans cervelle, qui avaient pris Pervenche dans leur piège. C'était ce que Clémence voulait croire, mais au fond d'elle-même, elle savait pertinemment que le mal était plus compliqué, qu'il venait de plus loin.

Quand la nuit tombait, autrefois. Quand la nuit tombait, il y avait une fièvre, une impatience. On aurait dit qu'une fête se préparait. Surtout aux beaux jours, en septembre, octobre, novembre. L'air était doux et frais, il y avait des volubilis en fleur sur les haies, des vers luisants accrochés aux brins d'herbe. Les crapauds chantaient dans les caniveaux. Les enfants allumaient des feux dans la rue des Tulipanes, avec des bouts de cageot, des brindilles. La boîte d'allumettes circulait de main en main. Même les tout-petits comme Maïra jetaient dans le feu des vieilles branches, de l'herbe sèche, des papiers. Les étincelles tourbillonnaient, montaient vers le ciel. Carlos Quinto poussait des cris, il courait le long du mur de brique, ses cheveux défaits, une lueur rouge sur sa face. Il avait l'air d'un enfant sauvage.

Ensuite ils commençaient les jeux. Clémence n'a pas oublié. La rue leur appartenait. Les filles se tenaient par la main, elles avançaient au pas cadencé, en barrant toute la chaussée. Elles chantaient : *¡Amo, ato, matarilerilero!*

À l'autre bout de la rue, un groupe se formait, des garçons, quelques filles avec eux aussi, Beto, Eriberto, el Gordo, Pastora. Chavela n'aimait pas être du côté des filles. Elle se tenait un peu en retrait, du côté des garçons, penchée en avant, les bras écartés, hérissée comme un singe-araignée. Ils répondaient, en écho, à tue-tête : *¡Amo, ato, matarilerilero!* Les filles avançaient : *¿ Que quiere Usted ? ¡Matarilerilero!* Les garçons se moquaient : *¡Queremos dulce, matarilerilero!* Les filles avançaient encore, elles criaient : *¿ Y que mas pide ? ¡Matarilerilero!* Les garçons : *¡Nos dan un beso! ¡Matarilerilero!* Les filles s'arrêtaient : *¡Ni un hueso! ¡Matarilerilero!* Puis faisaient volte-face, et chaque groupe retournait à son bout de rue, et un autre groupe se formait et recommençait.

Les adultes étaient assis devant les maisons à regarder, et le cri jaillissait de nouveau dans la rue sombre, de toutes les forces des voix claires des enfants, comme un appel : *¡Amo, ato, matari-lerilero !*

C'était ainsi chaque soir, jusqu'à onze heures, quelquefois minuit. Les filles ne pensaient qu'à ça, à la nuit, aux jeux dans la rue, aux feux qui allaient briller, aux cris, aux rires. Le reste de la journée, la rue était aux camions qui allaient et venaient jusqu'à la coopérative de paquetage *Anáhuac*. L'après-midi, quand le soleil brûlait la terre, les ivrognes buvaient devant la boutique du marchand de bière, et puis s'endormaient à l'ombre des acacias et des flamboyants. Il y avait du bruit, des nuages de poussière. Sous le fouet des Indiens de Capacuaro, les caravanes de mulets descendaient de la sierra, la bouche écorchée par les longes, tirant les grumes vers la scierie. Il y avait de vieilles Indiennes qui suivaient, enveloppées dans leurs châles bleus, portant des avocats, des mangues, des poires minuscules dures comme du bois. Dans la chaleur de l'après-midi, même les chiens étaient différents. Ils étaient jaunes, affamés, dangereux. Ils venaient du quartier des Parachutistes, le long du canal. Scooby-doo s'échappait et les coursait, mais parfois ils se liguaient contre lui et le faisaient fuir en montrant leurs crocs pleins de bave.

Clémence pense à la rue des Tulipanes, elle est tout à coup très loin de son bureau de juge,

elle sort de son corps et elle se retrouve là-bas,
sur une autre planète, comme dans un grand
jardin que ni elle ni Pervenche n'auraient
jamais dû quitter.

Quand la nuit venait, la rue des Tulipanes
était aux enfants. Les voitures, les camions n'y
passaient plus. Les adultes s'en retiraient, ils restaient sur le pas de leur porte, presque sans parler, pour se souvenir peut-être. Les enfants
avaient mangé très vite leur pain doux, et bu
leur verre de lait, pour être le plus tôt possible
dans la rue.

Clémence avait appris très vite. Au commencement, elle laissait Pervenche à la maison avec
Hélène, et Édouard Perrine qui fumait un
cigare. Pervenche avait peur des feux, les cris
des enfants la faisaient se blottir contre les
jambes de sa mère.

Puis un soir, Clémence ne se souvenait pas
comment, Pervenche a mis sa petite main dans
la sienne et elles ont marché ensemble dans la
rue, avec les filles qui chantaient à tue-tête. Beto
le berger était amoureux de Clémence, il l'accompagnait jusqu'aux feux. Beto était doué
pour fabriquer des globes. Il faisait sécher du
papier mâché sur le cul d'une marmite, et il
attachait au globe une nacelle en boîte de
conserve remplie de copeaux ou de filasse
imprégnée de mazout. Il mettait le feu et le

globe montait dans le ciel noir éclairé par la flamme de la nacelle, pareil à une tête coupée. Mais il ne lançait des globes que certains soirs, comme pour une fête. C'était long à préparer, et tous ne s'envolaient pas. C'était d'ailleurs interdit. Une nuit, un globe était tombé sur une maison du quartier de San Pablo, et le toit avait failli brûler. Mais c'était si beau, cet astre pâle qui montait dans la nuit. Clémence sent encore son cœur battre plus fort, elle sent la main de sa sœur qui serre la sienne, pendant qu'elle regarde le globe briller au-dessus de la rue des Tulipanes.

2

Il avait fait chaud cet été-là en Provence, une chaleur tyrannique, menaçante. Vers juillet, Pervenche est partie. Elle ne s'était même pas présentée au bac, à quoi bon? Elle n'avait rien fait, elle savait bien qu'elle ne pouvait pas réussir. Toute l'année, elle avait traîné, surtout avec «Red» Laurent, dans les bistros, les boîtes, les fêtes, ou simplement dans la rue. Elle buvait des bières, elle fumait. L'après-midi, elle retrouvait Laurent devant un garage abandonné, au pied de la colline. Laurent soulevait le rideau de tôle, et ils se glissaient à l'intérieur. Ça sentait le cambouis, et une autre odeur plus piquante, comme de la paille, ou de l'herbe qui fermente. Ils faisaient l'amour par terre, sur une couverture.

Dans la ruelle, un groupe de pétanqueurs s'installait. Quand Pervenche passait, ils la regardaient d'un air narquois, ils devaient faire des blagues, mais ça lui était égal. Laurent voulait se battre avec eux, il serrait les poings, il grondait :

«Je vais leur éclater la gueule avec leurs boules!» Ça devait les amuser encore plus de voir ce jeune coq en colère.

Pervenche faisait l'amour sans se déshabiller, le dos meurtri par les gravats malgré la couverture. Elle aimait bien sentir le cœur de Laurent qui palpitait dans sa gorge, sa sueur coulait doucement sur ses épaules, elle la buvait dans sa bouche avec sa salive. Elle laissait grandir en elle la brûlure du sexe. C'étaient des instants brillants. Elle pouvait oublier les heures d'ennui au lycée, les éternelles disputes avec sa mère, le regard hostile de Jean-Luc, le dédain silencieux de Clémence. Un jour sa sœur lui avait dit : «Toi tu ne feras jamais rien de ta vie, tout ce que tu sais faire, c'est changer d'amant comme de chemise.» Pervenche avait pensé : est-ce qu'on peut faire vraiment quelque chose de sa vie?

C'est au cours du mois de juillet qu'elle a fait connaissance de Stern. Laurent n'avait rien à voir là-dedans. C'est Pervenche qui a répondu à une annonce dans le journal, ou bien peut-être qu'elle l'a su par une copine. Stern était toujours plus ou moins à la recherche d'une fille nouvelle pour ses photos, pour la mode ou pour la publicité. Ce qu'il faisait n'était pas clair. Il louait un bureau assez vaste au centre-ville, à l'étage d'un grand café. Ça avait servi avant lui à des artistes, d'après ce qu'on disait Nicolas de

Staël avait même travaillé là. C'était un local entièrement peint au blanc gélatineux, éclairé par de grandes baies vitrées qu'on avait opacifiées au rouleau, et qui diffusaient une lumière étrange, froide et triste même en plein été.

Pour le premier rendez-vous, Pervenche a demandé à Laurent de l'accompagner. Elle avait tout juste seize ans, elle a pensé que de venir avec son ami lui donnerait l'air plus âgé. Laurent est resté assis dans un fauteuil, pendant que Stern parlait avec elle, prenait des notes dans un carnet. Stern était un grand type un peu mou, d'une trentaine d'années, avec des cheveux blonds et des yeux bleus un peu globuleux derrière des lunettes de myope. Pour Pervenche, il était un homme âgé, très différent d'elle, de ces gens qu'elle évitait en général, parce qu'elle trouvait qu'ils avaient l'air vicieux quand ils la regardaient dans la rue. Stern la tutoyait, mais elle ne pouvait pas faire autrement que de lui répondre «vous», et de l'appeler «monsieur». À l'autre bout de l'atelier, Laurent s'ennuyait en feuilletant des magazines de mode. Il fumait sans daigner jeter un coup d'œil du côté de Pervenche.

Ensuite Stern a fait passer Pervenche dans une salle de bains, en réalité c'était juste un coin d'atelier séparé par une cloison, dans lequel il y avait un miroir et un w.-c. chimique. Il lui a donné des maillots de bain pour les photos. Pervenche était grande et forte, elle avait déjà de gros seins et des hanches larges, pour cela elle paraissait plus que son âge et Stern n'avait pas tiqué quand elle lui avait affirmé qu'elle avait dix-huit ans. Les maillots étaient trop petits et la boudinaient, mais elle a quand même gardé un maillot une pièce en imprimé léopard, et quand elle est sortie de la salle de bains le visage de Stern s'est un peu éclairé. Il a dit : «Bien, très bien, tourne-toi un peu.» Il s'est reculé et elle a tourné sur elle-même. Elle avait remis ses sandales, elle avait horreur d'aller pieds nus dans un endroit qu'elle ne connaissait pas. Elle se sentait ridicule dans ce maillot trop petit qui la serrait aux cuisses et faisait saillir ses seins, et son ventre déjà un peu rond, du moins c'est l'impression qu'elle avait, qu'en voyant son ventre Stern allait deviner qu'elle était enceinte. Le maillot dégageait ses épaules où les bretelles de son soutien-gorge avaient laissé des marques rouges. Pervenche a toujours eu une peau qui marque. Quand elle était petite, Clémence s'amusait à appuyer sur sa cuisse avec sa main, et à regarder la trace des doigts qui dessinait une fleur rose sur la peau. En attendant, Stern était tout excité, il tournait autour de Pervenche en faisant cliquer son appareil photo, un peu penché en avant, une mèche de ses cheveux gras qui barrait sa figure et qu'il renvoyait nerveusement en arrière, et le déclic de son appareil faisait un drôle de bruit agressif à deux temps, d'abord une vibration sourde puis un claquement sec de couperet, ketcha! ketcha! Laurent avait redressé la tête en entendant le bruit, mais il s'était replongé dans la lecture des magazines, vautré sur le sofa. Pervenche voyait seulement ses longues jambes terminées par des baskets, et le nuage de fumée de sa cigarette. Elle pensait que ça serait bientôt fini, mais Stern lui a dit : «Ça ne va pas, ça ne va pas du tout.» Il a baissé le maillot de la main gauche, tout en tenant l'appareil photo, il s'est un peu reculé, puis il a léché son index et du bout du doigt il a humecté le bout des seins pour faire dresser le mamelon. Il a pris encore quelques clichés, et il a dit : «Avec toi, c'est plutôt des nus que j'ai envie de faire, avec ton physique tu ne peux pas faire de la mode.» Il a fini les photos et il a enroulé lentement la pellicule, et Pervenche est allée se rhabiller dans la petite salle de bains. Elle a essuyé ses bouts de sein avec du papier hygiénique. Quand elle est ressortie, Stern avait repris son air sérieux. Il ne regardait même plus Pervenche, juste un petit sourire en lui serrant la main. «Je vais développer, voir ce que ça donne. Je te rappellerai.» Pervenche a dit qu'elle n'avait pas le téléphone, et Stern lui a donné sa carte de visite : «Alors c'est toi qui me rappelleras la semaine prochaine.» Laurent était déjà dehors, il s'étirait en bâillant d'ennui. Il n'a même pas regardé Stern. «Alors? Ça a marché?» Pervenche a haussé les épaules. «C'est un vieux salopard, il a photographié mes seins.» Laurent semblait indifférent. «Et en attendant, il ne t'a rien payé.» Et bien qu'elle perçût parfaitement le ridicule de la situation, Pervenche se sentit tout d'un coup envahie par la solitude.

C'était une drôle de langueur, un dégoût un peu lent, mais irrésistible. Laurent restait couché très tard, allongé sur le ventre en travers du matelas. Il faisait chaud et gris. Dehors, Pervenche percevait le bruit des autos qui glissaient sur l'avenue, sans arrêt, toujours le même bruit comme si c'était une seule voiture qui tournait.

Où allaient tous ces gens? Par une fente des volets, Pervenche voyait le reflet des carrosseries des voitures sur le plafond, c'était son petit cinéma. Des taches rouges, bleues, grises, qui couraient à l'envers. Elle essayait d'imaginer les gens dans ces voitures, très petits et un peu transparents, avec des mains et des pieds fins et des visages poupins, pareils à des fœtus.

Elle n'avait rien dit à Laurent ni à personne,

ça ne regardait qu'elle. Elle est quand même allée à la pharmacie pour acheter le test. Elle ne comprenait pas bien comment ça s'était passé. Elle se souvenait vaguement d'une nuit, en juin, à la période des examens. Elle habitait encore avec Hélène et Jean-Luc. Elle s'était saoulée avec Laurent, elle avait fumé quelques joints dans sa voiture et ils étaient allés jusqu'au garage. C'est tout. Elle ne se rappelait plus très bien quand elle s'était aperçue que ses règles ne venaient pas. Elle oubliait tout ça très facilement. Toutes ces petites choses de la vie. Quelquefois elle oubliait de manger, ou d'aller aux toilettes. Et ces petites choses se rappelaient à elle au moment où elle s'y attendait le moins, brutalement, avec une douleur. Un matin elle s'est réveillée, le cœur battant, la nausée aux lèvres, avec cette certitude, là, au centre de son ventre, un peu au-dessus du nombril.

Elle s'est quand même décidée à aller voir un docteur. Elle a choisi une gynéco le plus loin possible, à trois quarts d'heure de bus, dans la banlieue. Une grande femme brune qui ressemblait à Clémence en plus vieux, l'air méchant, comme un juge. La gynéco l'a examinée, puis elle a enlevé ses gants et elle est retournée s'asseoir derrière son bureau. «Vous êtes majeure?» Elle a dit cela comme une affirmation plutôt qu'une question. Pervenche a hoché

la tête. «Vous avez pris une décision?» La
gynéco a griffonné l'adresse d'une clinique,
avec un numéro de téléphone. Sur une autre
feuille elle a marqué des médicaments. «Ça
c'est pour votre autre problème.» Comme
Pervenche la regardait sans comprendre, elle a
dit sèchement : «Candida albicans. Il vaut
mieux vous en débarrasser tout de suite.»

L'été est passé sur la ville. Il y avait cette chaleur qui s'est installée, qui faisait fondre le
bitume, qui brûlait les arbustes dans leurs pots.
C'est à cette époque-là que Pervenche a quitté
définitivement la maison de sa mère. Il n'y a pas
eu de dispute, rien. Seulement une grande lassi-
tude. Clémence était à Bordeaux, elle avait fini
l'École de la magistrature, elle attendait son
affectation. Hélène travaillait à la maison, elle
peignait des abat-jour pour une boutique de la
vieille ville. Elle restaurait des tableaux. Jean-
Luc Salvatore voulait monter un atelier de poterie, quelque part dans les environs. Ils avaient
décidé de déménager de toute façon, d'aller
vivre dans la vieille maison de la grand-mère
Lauro, à Ganagobie. Pour Pervenche, il n'était
pas question de les suivre. Là où ils habitaient,
ça puait trop la térébenthine, une odeur de
garagiste plutôt que d'artiste. Quand Pervenche
rentrait tard, les yeux rougis par les joints,

Hélène ne disait plus rien. C'est ce silence qui était devenu insupportable.

Pervenche s'est installée avec Laurent dans un appartement du centre-ville. C'était grand, vieillot, dans un chaos de désordre. C'étaient des copains de Laurent qui lui prêtaient une chambre. Des casseurs, des loubards. Il y avait un grand type rasé, avec un nom russe, son prénom Sacha. Bizarre, habillé de noir même en été, très pâle. Il regardait Pervenche un peu de côté, un peu en dessous, à la manière d'un boxeur. Il semblait dangereux, mais peut-être que c'était juste un air qu'il voulait se donner. Il écoutait des cassettes de chants nazis sur son boom-box. Il vivait avec Willie, un Antillais très noir, et pourtant raciste. Tout ce qu'Hélène avait toujours détesté.

Il y avait tout le temps du monde dans l'appartement. Le long couloir était encombré d'objets, principalement des appareils électriques, TV, magnétoscopes, chaînes stéréo, caméscopes dans des cartons tout neufs, même des fours à micro-ondes et des réfrigérateurs de bateau. Pervenche ne posait pas de questions. Elle circulait à travers les obstacles, c'était un jeu.

La vie était pleine d'imprévus dans l'appartement. De temps à autre, des filles débarquaient, elles restaient une nuit, puis elles s'en allaient.

Certaines, on ne les revoyait plus. Elles s'instal-
laient dans le salon devant la télé allumée, elles
fumaient et buvaient des verres avec les loubards
en riant. Rien qu'à les voir on ne s'interrogeait
pas sur la façon dont elles gagnaient leur vie.
Mais elles étaient plutôt gentilles, elles ne s'oc-
cupaient pas de Pervenche. Il y en avait une qui
venait d'un pays de l'Est, Serbie, Croatie,
quelque chose comme ça. Une autre, tuni-
sienne, qui s'appelait Zoubida, on disait Zoubi.

L'immeuble était en mauvais état. Au rez-de-
chaussée il y avait une épicerie, tenue par une
dame indochinoise qui préparait des plats cuisi-
nés. La plupart des appartements étaient
d'ailleurs loués par des Asiatiques, et au dernier
étage, les chambres de bonne étaient occupées
par des travailleurs maghrébins et par des tra-
vestis.

En quelques semaines, Pervenche avait fait
connaissance de la plupart des habitants. Elle les
considérait un peu comme sa nouvelle famille.
Laurent travaillotait dans un café, mais
Pervenche se doutait bien qu'il avait dû partici-
per à des coups avec les loubards, probablement
comme manutentionnaire, pour aider à charger
les cartons dans leur camionnette et les monter
jusqu'à l'étage. Autrement, il passait ses après-
midi chez un antiquaire arménien du centre, il
s'asseyait dans un fauteuil et il lisait ses revues de

musique, ses polars. Il répondait au téléphone quand le patron s'absentait. Il ne devait pas être très bien payé.

Vers la fin août, Laurent a dit à Pervenche: «Tiens, j'ai pris rendez-vous pour toi avec ton photographe.» Il devait beaucoup d'argent aux dealers, en particulier à un ami de Sacha qu'on appelait Dax. Pervenche a repris le chemin du studio en sachant très bien ce que Stern attendait d'elle.

3

Madame le Juge est à son bureau. L'air est chaud et lourd, malgré le déshumidificateur qui ronronne près de la fenêtre. Tout est gris au-dehors, le ciel, les rues, la mer. Les murs du bureau aussi sont gris, ils n'ont pas été repeints depuis des années, des siècles peut-être. Le bureau est une haute pièce au plafond mouluré peint en vert pâle, à un endroit le revêtement a lâché et Clémence distingue les traces d'un ancien décor peint al fresco, un bouquet de roses enrubanné. Quand elle a pris possession des lieux, son premier bureau de juge, elle a tout de suite aimé cette vieille pièce avec ses hautes portes à chapiteau et péristyle, ses boiseries peintes, les deux fenêtres à carreaux anciens où la lumière brille comme à travers un rideau de bulles.

Les dossiers font une muraille sur la table, Madame le Juge a du travail jusqu'au bout du jour. Elle n'a pas le temps de sentir glisser la chaleur du soleil sur les murs du Palais.

La porte s'ouvre, entre un jeune garçon encadré par deux policiers en uniforme, menottes aux poignets.

Litanie des questions, dont la plupart ont déjà leur réponse dans les pages du dossier : Nom, prénom, date de naissance, nationalité, dernier domicile. Études ? Profession du père, de la mère. Violence, vol d'un scooter sous la menace d'un couteau. Rapport, témoignage de la sœur aînée de la victime : un jeune homme âgé de quinze à seize ans, type méditerranéen. Qu'estce qu'un « type méditerranéen » ? Italien, grec, égyptien, israélien ? Est-ce que Salvador Dalí a un type méditerranéen ? Non, enfin, vous voyez ce que je veux dire. Non, pas très bien. Vous voulez dire arabe ? Algérien, marocain, c'est tout comme, Madame le Juge. Clémence scrute le visage du garçon. Une jolie figure, avec les traits encore doux de l'enfance. De beaux yeux noirs brillants comme des agates. Petite cicatrice au coin de la lèvre inférieure, à droite. Son grand corps mal à l'aise dans son blouson un peu de travers, il a été empoigné vigoureusement par les agents à la sortie du fourgon, il s'est peut-être rebellé.

Lecture du rapport de police : «… je lui ai demandé à plusieurs reprises de l'argent et son scooter, et devant son refus, je me suis mis en colère, car j'avais beaucoup bu ce soir-là et je ne me contrôlais pas bien, j'ai sorti mon couteau à cran d'arrêt et je lui ai violemment porté un coup du bas vers le haut dans l'abdomen. » Le garçon a un regard franc, sans arrière-pensée. Les longs cils qui frangent ses paupières lui donnent une expression douce, un peu veloutée, une séduction naturelle qui rend la cruauté encore plus évidente, implacable. « Puis, quand la victime est tombée sur le trottoir et commençait à appeler au secours, je lui ai enfoncé le couteau dans la poitrine au niveau du cœur, à deux reprises, et après avoir essuyé le couteau sur son T-shirt j'ai pris le scooter et je suis parti pour me rendre chez mon père. Sur le chemin, j'ai jeté le couteau dans une poubelle. J'ai passé la nuit chez mon père où j'ai dormi jusqu'à ce que la police vienne m'arrêter. Je n'ai pas cherché à m'enfuir. Je n'ai pas opposé de résistance et j'ai reconnu sans difficulté les faits, sauf que, ayant agi sous l'effet de l'alcool, je ne me souviens plus très bien des détails. » Suivent les signatures du prévenu et du commissaire de police.

Madame le Juge ne peut pas détacher son esprit de ce qu'elle voit, de ce qu'elle entend. Tout cela reste marqué en elle, le jour et la nuit, tout cela peut revenir à chaque instant, comme un rêve récurrent, comme un souvenir. Paul, Jacques, Marwan, Aguirré, chacun avec sa charge, son poids, chacun avec ses mots, son regard. Sortis de la nuit, du néant, tout dégouttant, souillés de sang, de sperme, de mort, portant la destinée comme une mauvaise sueur sur leur peau, éblouis dans la lumière crue de la justice, incapables de parler, répétant ce qu'on leur souffle, suspendus au regard de n'importe qui, d'un flic, d'un huissier, d'un avocat, cherchant un brin de paille où s'accrocher, pour ne pas couler, pour se sauver de la noyade. Assourdis par le langage des experts, des assistantes sociales, des psychiatres, des avocats commis d'office. Un instant extraits de l'ombre, conduits devant elle, devant Madame le Juge des enfants, puis retournant vers leurs cellules, entravés, menottés, la tête penchée, honteux, renvoyés au silence.

Elle n'a pas oublié la première fois, quand elle était encore étudiante. Ouarda, prostituée depuis l'âge de quinze ans, droguée, battue par son petit ami, le teint brouillé par les nuits passées en prison, vêtue d'un jogging marron, chaussée de tennis blancs trop neufs, ses cheveux frisés coupés court, les oreilles percées mais on lui a enlevé ses anneaux d'or pour la sécurité, on lui a confisqué sa gourmette portant son nom et celui de son amant, on lui a pris son collier avec la pierre de lune, elle n'a plus rien que son corps, maigre et chétif, tout tassé sur la chaise devant le grand bureau de chêne, et la policière est restée debout les menottes ouvertes, un peu en retrait près de la porte, prête à intervenir au cas où.

« … le nommé Éric m'a donné rendez-vous, et avec le groupe nous sommes allés en voiture jusqu'en haut de la colline, au quartier de l'usine de crémation, dans un endroit à l'écart de la route. Quand sa voiture est arrivée, il n'a pas remarqué les autres à cause des phares qu'ils avaient éteints, et moi j'ai marché jusqu'à sa voiture comme si j'étais toute seule. Il m'a demandé si j'étais venue seule et j'ai dit que celui qui m'avait amenée était reparti parce qu'il ne voulait pas être témoin. Alors il m'a attrapée par les cheveux et il m'a frappée de la main et sa bague m'a cassé une dent de devant. Il m'a ensuite traînée vers les taillis et il a dit qu'il allait me tuer. Quand ils ont vu ça, ceux qui étaient avec mon ami Gérard ont rallumé les phares et ils sont sortis de la voiture et ils ont couru, et aussitôt ils ont commencé à tirer, et le nommé Éric a voulu prendre son pistolet, mais une balle l'a touché dans le ventre et il a crié et il est tombé à genoux. Ensuite les autres lui ont tiré plusieurs balles dans la tête et quand il est tombé en arrière j'ai vu que sa figure était en bouillie. Il était mort à ce moment-là, mais mon ami Gérard et certains autres ont continué à tirer sur lui jusqu'à ce qu'ils n'aient plus de balles. Ensuite ils l'ont arrosé d'essence et ils ont essayé de le faire brûler mais le feu n'a pas voulu prendre, et je suis repartie dans la voiture avec mon ami Gérard. Et je ne sais plus rien d'autre à ce sujet. »

Clémence est allée au procès, non pas pour juger, mais parce qu'elle avait besoin de savoir ce qui allait se passer. Ouarda, dans le box des accusés. Toute menue, sa figure très pâle comme celle d'une petite fille malade. À dix-neuf ans elle a encore l'air d'en avoir quinze, habillée d'une robe grise que sa mère lui a spécialement faite pour le procès. À côté d'elle, la bande des minables, petits macs, entre vingt et trente ans, la tête basse, ils évitent de regarder du côté du jury. Et l'avocat de la partie civile qui tonitrue, qui menace, qui aboie, qui joue sa comédie, sa tragédie. L'avocat de Ouarda, non plus celui commis d'office, mais un autre, payé par la famille, sa voix douce, une musique de violon, des mots tendres, pour atténuer, pour séduire. Il parle de l'enfance de la petite fille, des quartiers chauds de Marseille, les parents qui ont abdiqué, il n'y a plus de repères, plus de valeurs, même la religion est impuissante. Il parle de l'emprise des hommes, leur dictature, leur persuasion pour faire le mal, et la petite n'a jamais eu vraiment le choix, n'a jamais osé, pensé résister, elle n'est rien qu'une poupée de chair entre leurs mains. Et, après tout cela, la sentence qui est tombée, lourde, tragique, écrasante, quinze ans de prison pour Ouarda, vingt ans pour les tueurs, dix ans pour les autres. D'abord le silence dans la salle, puis le cri de Ouarda quand on l'emmène, elle se retourne, elle n'a pas compris tout de suite, maintenant elle réalise que tout est fini, elle n'a pas dit un mot, elle a fait tout ce qu'on lui a dit, elle a même pleuré quand Monsieur l'avocat parlait d'elle enfant, et tout à coup elle se retourne et elle pousse un seul cri aigu, un cri qui résonne dans la grande salle des assises et traverse chaque personne à la manière d'un frisson.

C'est à cela qu'elle pense encore, Clémence, seule dans son grand bureau derrière les remparts de dossiers ficelés, comme à une longue séquence revenant sans cesse, avec les mêmes visages, les mêmes images, les mêmes mots, les mêmes peines.

Stéphane, cinq ans de prison, Christophe, cinq ans, vol par effraction nocturne, recel, port d'arme illégal, violence contre les forces de l'autorité, délit de fuite. Sylvie, Rita, Yasmine, Barbara, Mélodie, coups et blessures, vol à la roulotte, détention de drogue, menaces de mort, racket, tentative d'extorsion, vol avec violence.

Quand Pervenche est partie, Clémence venait de sortir de l'École de la magistrature. Elle ne savait pas qu'elle ferait un jour ce travail, elle n'avait jamais imaginé ce que cela pouvait être, juge des enfants. Être de l'autre côté de la barrière, du côté de ceux qui emprisonnent, enferment dans les centres. Du côté de ceux qui regardent, qui décident, qui punissent. C'était comme si on lui avait dit un jour, tu seras commissaire de police. Et puis ça s'est fait, presque malgré elle. Parce qu'elle était douée pour les concours, parce qu'il y avait des postes disponibles.

Elle avait eu des nouvelles de Pervenche par sa mère. Hélène était parfaitement heureuse dans la maison de Ganagobie, avec Jean-Luc Salvatore. Elle continuait sa peinture, lui réussissait à vivre de sa poterie. Ils étaient loin de tout, en pleine campagne. Ils avaient même une jument qu'ils louaient l'été aux promeneurs dans un manège du coin. Ils n'avaient pas beaucoup de soucis. Hélène était irresponsable, comme elle l'avait toujours été, c'était elle la petite fille, et Clémence était l'adulte. À propos de Pervenche, elle disait avec une sorte de gaieté inconsciente : «Oh, tu sais, elle mène sa vie. C'est ce qu'elle voulait. J'ai demandé à aller la voir, là où elle vit avec son copain, je lui ai dit qu'elle pourrait habiter à Ganagobie avec nous, elle aurait pu trouver un boulot à la ville et rentrer chaque soir, mais elle m'a dit qu'elle n'avait besoin de rien. Qu'est-ce que tu veux que je fasse ? Je ne vais pas la forcer. » Elle a répété la phrase absurde : « Elle a sa vie et moi la mienne. »

Clémence a obtenu l'adresse de Pervenche. Apparemment, elle n'avait plus le téléphone. Ou bien elle ne voulait plus qu'on l'appelle.

Un long week-end de septembre, Clémence a pris le train pour Marseille. Quand elle a sonné à la porte, c'est un loubard qui est venu lui ouvrir. Un grand Antillais en slip, avec un tatouage en relief sur l'épaule, ou peut-être une cicatrice. Il paraît qu'il s'appelle Willie. Quand elle a dit qu'elle était la sœur de Pervenche, il l'a laissée passer. Pervenche était dans la pièce du fond, elle venait de se réveiller. Elle avait les traits bouffis, un T-shirt froissé, les cheveux sales. Clémence a eu du mal à la reconnaître, depuis près de deux ans qu'elle ne l'avait pas vue. Pervenche sentait le tabac et l'alcool.

Elles ont parlé de choses et d'autres, mais elles n'avaient plus rien à se dire. Elles n'étaient plus sur la même longueur d'onde.

Pervenche avait un air buté, elle était sur la défensive. Les vieilles blagues ne la faisaient plus rire, même quand Clémence avait frappé à la porte, et à la question « qui est-ce ? » avait répondu : « *El viejo Ines.* » Et plus tard : « *¿ A donde vas ? — A General de Gas.* »

Le Mexique, Jacona, c'était loin. C'étaient des fantômes. Pervenche avait oublié jusqu'au nom des enfants de la rue des Tulipanes, Beto, Rosalba, Pina, Chavela, Maïra. Le seul souvenir qui avait éveillé un sourire pour elle, c'était le grand chien Scooby-doo, la façon qu'il avait de les suivre sans faire de bruit et de coller son museau humide contre leurs mollets pour les faire hurler de peur. Et le grand goyavier sur lequel elles montaient, pour lui jeter des fruits, perchées sur la branche qui surplombait la rue. À Jacona, il y avait des problèmes avec les chiens. Il y avait ceux qui s'asseyaient contre le mur de la maison pour aboyer à la lune toute la nuit, et que Perrine chassait à coups de pierres ou à grands seaux d'eau. Il y avait ceux qui se battaient sauvagement dans la rue, en poussant des grognements furieux, et ceux qui s'accouplaient interminablement, soudés par l'arrière-train comme de monstrueuses araignées, claudiquant sur leurs huit pattes, et qui horrifiaient Pervenche. Un jour, en revenant le long du canal, du côté des Parachutistes, Pervenche avait été attaquée par un chien qui était arrivé silencieusement par-derrière, les crocs exposés, la gueule pleine de bave, et Clémence l'avait fait fuir à coups de pierres. Cette nuit-là, les détonations des fusils avaient retenti dans le quartier, et le lendemain elles avaient appris par Chita

que les chasseurs avaient tué tous les chiens
enragés.

Clémence regardait sa sœur, et elle avait le
cœur qui lui faisait mal. Elle ne pouvait rien
pour elle. C'était trop tard, trop loin, trop différent. Elle avait étudié le droit, passé des
concours, et elle ne savait pas arrêter sa sœur au
moment où elle tombait.

Elle a essayé de poser des questions, savoir ce
que faisait Laurent, s'il allait changer de vie.
Mais elle ne pouvait pas s'empêcher de procé-
der à un interrogatoire.

Pervenche s'était refermée. Elle détestait tout
ce que Clémence représentait, la fonction
sociale, les responsabilités, l'autorité. À un
moment, Clémence lui a dit maladroitement
qu'elle pouvait l'aider, lui prêter de l'argent,
pour qu'elle s'en aille de ce taudis, loin de ces
gens épouvantables. Pervenche a réagi brutalement. Ses yeux bleus brillaient d'un éclat
méchant, toute sa face s'est contractée jusqu'à
dessiner de petites rides autour de sa bouche et
de son nez, sur son front. Elle parlait avec une
drôle de voix basse, enrouée, que Clémence ne
connaissait pas. « C'est toi qui vas m'aider, bien
sûr c'est toi qui sais tout, c'est toi qui juges tout,
qui décides tout, et moi, j'ai dix ans, il faut que
je t'écoute, toi et ton petit pouvoir sur les gens,

tu crois que tu sais quelque chose sur moi, mais tu ne sais rien de ma vie, tu voudrais bien savoir, mais tu ne sais rien de moi, je n'ai pas besoin de tes conseils de merde, j'en ai pas besoin, je n'ai pas besoin de toi, casse-toi de ma vie, oublie-moi. » Son visage était embrumé de colère. Et comme Clémence ne répondait rien, elle s'est recouchée, tout était tellement en désordre, avec ce vieux matelas par terre et juste un drap sale en boule. Quand elle s'est rassise pour allumer une cigarette, son T-shirt a bâillé et Clémence a vu sa poitrine, et en haut des seins elle avait une série de marques rouges comme des brûlures. Elle a tressailli parce qu'elle se souvenait de la peau de Pervenche autrefois, quand elles se baignaient ensemble dans le bassin des Tulipanes, non pas une piscine mais une simple flaque où les enfants nageaient au milieu des grenouilles et des punaises d'eau. L'odeur de la peau de Pervenche, une odeur d'herbe mouillée, fraîche et douce, il y avait si longtemps qu'elle n'y avait pas pensé, et ça rendait le présent encore plus détestable.

Elle a quitté l'appartement très vite. Elle avait mal au cœur, peut-être que c'était ce souvenir, ou bien c'était l'odeur de la marie-jeanne qui l'avait imprégnée. Elle a pris le train du soir pour Bordeaux.

4

L'échange a eu lieu la nuit, sur une colline. C'est un lieu très étrange, loin de tout, bien que la ville soit si proche qu'on distingue la tache laiteuse des lumières dans le ciel. Il y a d'abord un fond de vallon, avec la route qui sinue, et des maisons de maçon accrochées çà et là sur la pente comme des nids de guêpes. Et puis on monte à travers bois, il fait si humide qu'on traverse des nuages alourdis sur les branches des pins, dans les broussailles.

Il a fait très chaud cette nuit, les criquets sont assourdissants, il y a des crapauds cachés dans les vallons. Pervenche les entend distinctement. Peut-être qu'elle pense aux nuits d'autrefois, là-bas, sous la moustiquaire, avec tous ces craquements, tous ces bruissements qui lui faisaient si peur. Mais à présent elle n'a plus peur de la nuit.

Laurent conduit l'auto brutalement, en faisant crier les pneus dans les virages. Elle lui dit :

«Pourquoi tu vas si vite? Ça me donne mal au cœur, ralentis.» Mais il n'écoute pas. Il a sa tête renfrognée, il ne regarde pas Pervenche, ou alors juste un coup d'œil de côté, un regard de chien, ses iris jaunes ont une expression animale.

Avant de partir pour la balade, ils ont fait l'amour sur le matelas dans la chambre étouffante. Elle se sentait bien, elle s'est serrée contre lui, il a un buste étroit et elle s'est amusée à nouer ses bras autour de lui, à le serrer avec ses cuisses jusqu'à l'étouffer. Mais ça ne l'a pas fait rire. Il a détaché les bras de Pervenche, il respirait vite, son dos était glissant de sueur. «Qu'est-ce que tu as?» Elle a essayé de lire dans ses yeux, mais le visage de Laurent était dur et tendu, pareil à un masque. Elle se souvient des rides sur son front, une veine en Y gonflée près de sa tempe. Et cette expression bizarre, ses yeux apparaissaient comme à travers deux trous dans la peau cartonnée de son visage. Il était ivre, il avait trop fumé. Il l'a retournée comme s'il ne voulait plus qu'elle le voie et sa verge dure était un épieu brûlant qui irradiait douleur et plaisir mêlés. Pervenche était dans un tourbillon qui l'aspirait vers son centre, dans ce rêve où elle tombe chaque nuit indéfiniment, après toutes ces journées passées à boire, à fumer et à boire, et à dormir. À attendre. Et les chants nazis des cassettes de Sacha, et la musique rasta de Willie l'Antillais, les voix des loubards qui résonnaient dans l'appartement, qui martelaient, ces ombres qui rôdaient la nuit pour faire la chasse aux Arabes et aux Noirs, le cliquetis des chaînes, la haine pareille à une drogue, l'odeur de la bière et la fumée qui emplissaient les chambres de leurs nuages. Le tourbillon la séparait de tout ce qu'elle avait connu. Un soir, Sacha l'a regardée de ses yeux pâles, il lui a dit ces mots qui l'ont glacée comme un maléfice : « Il faut mourir pour renaître. »

Ils ont dormi jusqu'au soir, parce qu'il faisait très chaud. À travers les volets fermés, Pervenche écoutait le glissement des autos dans l'avenue. Mais la lumière ne brillait pas sur les carrosseries, et son cinéma au plafond s'était éteint. Un instant, elle a pensé à sa sœur, peut-être qu'elle s'est dit : « Je devrais lui téléphoner. » Ce qui l'a retenue, c'est qu'elle avait essayé une fois, au début d'août, elle voulait lui parler du bébé dans son ventre, mais à la Cité U on l'avait fait attendre vingt minutes avant de lui dire : « Mademoiselle Lauro n'est pas dans sa chambre, vous voulez lui laisser un message ? » Elle a toujours détesté tout ça, ces remparts, ces répondeurs, messageries, hygiaphones, elle a claqué le combiné et payé la communication au bar.

La chute maintenant s'était un peu ralentie, ça n'était pas désagréable de planer sur le dos, nue sur le matelas, en écoutant les bruits de l'avenue et la respiration calme du garçon couché sur le ventre à côté d'elle.

La voiture est arrivée en haut de la colline, à un embranchement avec une route de terre qui entrait dans la pinède. Pervenche ne pose pas de questions. Elle est peut-être encore dans le vertige de sa chute, ou bien elle aussi a trop fumé et trop bu. Laurent ne semble plus du tout ivre. Il est grand, nerveux, tendu, il bouge par saccades, il a toujours cette ride sur le front et cette veine gonflée aux tempes, et ses yeux qui regardent à travers les trous d'un masque.

Au centre d'une clairière, Laurent a arrêté sa voiture. Il a coupé le contact alors qu'elle roulait encore et le moteur a fait des soubresauts avant de caler. Il fait sombre dans la clairière, mais on y voit quand même à cause de la lueur de la ville, une tache globuleuse qui se dissout dans le ciel au-dessus des têtes des arbres. Autrement, ici c'est plein du chant des criquets. La chaleur humide sent la résine, c'est un endroit plutôt du genre romantique, mais il n'y a pas une étoile dans le ciel.

Tout à coup c'est le silence. Les criquets ont été dérangés par quelque chose, ils se sont tus. Laurent est descendu, il a laissé la portière ouverte et il marche vers le centre de la clairière. Pervenche sent son cœur battre très lentement, elle est toujours dans le tourbillon, mais sur les bords pour ainsi dire, emportée dans un mouvement très doux qui arrache à peine quelques brins d'herbe aux rives. Elle pense : «Mais qu'est-ce qui m'arrive ? Qu'est-ce qui va se passer maintenant ? » Peut-être qu'elle se souvient de la phrase de Sacha, et qu'elle a peur de mourir.

Elle n'a rien dit, pas un son n'est sorti de sa gorge. Elle attend assise à l'avant de la voiture, un peu repliée sur elle-même, les mains sur son ventre.

Quand ils sont arrivés, elle les reconnaît tout de suite. Il y a Willie, et le nommé Dax. Laurent n'est pas avec eux. Dax est petit et mince, il est habillé d'un blouson de cuir noir. L'Antillais se tient derrière lui. Ils l'ont aidée à descendre, très doucement. Très doucement. Dax dit : «On va bien s'occuper de toi maintenant, il ne t'arrivera rien.» Pervenche tremble si fort qu'elle n'arrive pas à marcher, et c'est Dax et Willie qui la portent. Le tourbillon est presque arrêté à présent, c'est la pinède tout entière qui tourne, qui s'effondre et ondule, et Pervenche sent la nausée dans sa gorge. Malgré la chaleur étouffante, sans un souffle, Pervenche est envahie par un froid terrible, c'est peut-être pour ça qu'elle tremble et que ses genoux s'entrechoquent.

Tout à coup le bruit des criquets a repris. Partout autour de la clairière, leurs cris stridents se croisent, tissent une trame invisible, et Pervenche en est presque rassérénée. Maintenant, elle est couchée sur le tapis d'aiguilles et elle sent le corps de Dax qui s'appuie sur elle, qui force en elle, comme s'il traversait ses habits, sa peau, jusqu'au plus profond d'elle-même. Elle serre les dents pour ne pas crier. Elle pense : « Si je crie, il va me tuer. » Elle le pense tranquillement, c'est une évidence. Laurent l'a amenée où il voulait, dans cette pinède, il l'a trahie, vendue. Il s'est servi d'elle comme d'un animal. Elle pense cela sans horreur, parce qu'elle est maintenant tout à fait au fond du gouffre, seule dans un endroit où personne ne viendra jamais la trouver, cette clairière au milieu des pins, au bout de toutes les routes.

Quand tout est fini, les deux hommes s'éloignent un peu, allument leurs cigarettes. Pervenche a remis ses habits en place, elle titube au centre de la clairière, elle ne voit plus personne. Elle avance comme une aveugle, les mains tendues, elle bute sur les racines, sur les pierres. Il y a un bruit de moteur qui démarre, elle voit les veilleuses d'une voiture. C'est l'Antillais qui est au volant, il ne la regarde même pas. Elle s'assied à l'arrière, à côté de Dax. Il met négligemment son bras autour du

cou de Pervenche, sans cesser de fumer. La voiture de Dax est une grosse allemande qui sent le
cuir, le genre d'une voiture volée. Dax passe sa
cigarette à Pervenche, et elle aspire avec délices
une goulée. La voiture roule doucement sur la
route à lacets où Laurent avait fait crier ses
pneus. À un moment, dans un virage, sur la
gauche, Pervenche aperçoit l'étendue de la ville
pareille à un grand lac de lumière, puis la colline la cache de nouveau.

5

À quel moment avait-elle tout perdu? Maintenant, dans la chaleur de cette fin d'été qui écrase tout à Ganagobie, Hélène cherche à comprendre. Elle a chassé de sa vie Édouard Perrine, avec la même détermination qu'elle avait mise à le suivre au bout du monde. Ce qu'elle avait aimé en lui, au début, c'était son côté médecin des pauvres, une sorte d'apôtre de l'OMS, sponsorisé par une association philanthropique canadienne pour venir en aide aux populations les plus démunies. Avant d'être envoyé dans ce coin perdu du Mexique, il avait exercé au Centrafrique, à Madagascar. Quand Hélène avait fait sa connaissance, un été à Aix, au hasard d'une terrasse de café, elle avait été impressionnée par son physique, grand, très noir, avec de larges mains à la paume pâle, et cet air sérieux qu'il avait quand il la regardait. Ils s'étaient vus pendant tout le mois d'août, il habitait dans une petite chambre meublée qui avait l'air d'un logement d'étudiant, Hélène avait l'impression de revivre les années de sa vie sans soucis, avant son mariage raté avec Vincent Lauro. Elle avait l'impression d'être à nouveau amoureuse. Édouard lui avait expliqué où il allait, lui avait demandé de venir le rejoindre, un peu comme un jeu. Puis Hélène s'était retrouvée seule. La grand-mère Lauro les attendait à Ganagobie, préparait la rentrée des classes pour les filles à l'école communale. Alors, un jour de septembre, sans réfléchir, parce qu'il faisait déjà froid et humide en Provence, ou peut-être parce qu'elle attendait un changement depuis si long-temps, elle avait emprunté de l'argent à des amies et elle avait acheté un billet d'avion pour elle et pour Clémence. Pervenche resterait à Ganagobie avec sa grand-mère en attendant que tout soit au point. À Mexico, Édouard les atten-dait. Ils avaient pris un autocar *Tres Estrellas de Oro* à la *Terminal* du Nord, et au petit matin, épui-sées, elles avaient débarqué à Zamora. Puis, sans doute pour les amuser, Édouard leur avait fait parcourir la chaussée jusqu'au village de Jacona en carriole à cheval.

Édouard Perrine avait loué cette petite mai-son en ciment rue des Tulipanes, et tous les jours il travaillait jusqu'au soir dans un dispen-saire au centre du village, à côté du cimetière.

C'était une vie nouvelle. Hélène avait dû tout

apprendre : non seulement à parler espagnol
avec l'accent traînant du Michoacán, mais aussi
les gros mots, les jurons, les plaisanteries, les
conventions qu'il faut respecter et les choses
qu'il vaut mieux ne pas dire, les bonnes et les
mauvaises manières, les relations. Elle avait eu
des voisins, des amis, les gens du quartier frap-
paient à la porte de sa cuisine le matin, pour
bavarder, pour lui emprunter du sel ou de la
farine, ou pour lui apporter des cadeaux, des
œufs, du miel, du pain doux. Elle était la femme
du médecin.

Après six mois, Hélène avait fait venir la petite
Pervenche. Elle avait voyagé toute seule avec un
écriteau au cou, elle avait vomi dans l'avion, elle
était très pâle. Clémence dès le début avait
refusé le dépaysement. Elle montrait une hosti-
lité contre Édouard Perrine, d'abord ouverte,
puis quand Hélène la grondait, sournoise.
Quand Pervenche était arrivée, ça s'était un peu
amélioré, mais Clémence entraînait sa sœur
dans sa vindicte. Ensemble elles chuchotaient
des choses, elles ne parlaient jamais à Édouard,
même quand il s'adressait à elles. Elles faisaient
comme s'il était l'ennemi. Bien qu'elles ne le vis-
sent jamais, elles avaient pris le parti de leur
père.

Il avait fallu changer Clémence trois fois
d'école. Puis elle avait fini par s'acclimater. À la

saison sèche, les jeux avaient commencé dans la rue, et Clémence s'était élancée au milieu des autres. Elle avait appris à parler, à jouer. Elle avait découvert une liberté qu'elle n'avait jamais connue jusque-là. Quand elle revenait de l'école, à deux heures de l'après-midi, Clémence enlevait son uniforme, elle enfilait son pantalon taché et son T-shirt sale, ses baskets, et elle courait à travers les rues du village, sans craindre les voitures ou les camions. Elle explorait tout, jusqu'aux quartiers misérables, au bord du canal, là où vivaient ces gens qu'on appelait des parachutistes, parce qu'on disait que c'étaient des avocats peu scrupuleux qui les avaient lancés à cet endroit pour qu'ils occupent les terres et obligent les propriétaires à vendre.

Hélène elle aussi allait partout. Elle s'était remise à peindre et à sculpter, elle achetait de grands cartons à la coopérative de paquetage *Anáhuac* et elle faisait les portraits des gens du quartier, avec en arrière-plan les champs de maïs, les cannes à sucre, ou les grands goyaviers de l'autre côté de sa rue. Elle était amoureuse de ces visages, les traits doux des Indiennes, leurs chevelures d'un noir éclatant. Elle a gardé la plupart des portraits, elle est revenue vivre avec eux en Provence, ce sont ses gardiens, ses parents, ses seuls amis. Il y avait Adam et Ève, les deux enfants en haillons qui venaient mendier du pain ou ramasser les goyaves, ou bien la vieille Indienne que les gens appelaient par dérision Mariquita, qui allait de porte en porte vendre de la terre, des herbes à tisane, des pots de miel âcre maculé de cendres. Il y avait les enfants de la rue, Pina, Chavela avec sa tignasse hirsute, Carlos, Beto, Rosalba la Güera, Maïra.

Il y avait Chita. C'était une petite fille maigre et sombre, qui habitait avec sa famille dans une de ces baraques de parachutistes, au bord du canal. Son vrai nom, c'était Juana, mais les gosses de la rue se moquaient d'elle en lui donnant le nom de la guenon de la série télévisée. Elle ne disait rien.

Hélène n'avait jamais fait son portrait. Non pas qu'elle n'en ait pas eu l'idée, ou l'envie, mais cette enfant portait un mystère. Il y avait en elle quelque chose de muet, de fuyant, de lointain, et puis elle n'aimait pas qu'on la fixe du regard trop longtemps, elle cachait son visage derrière ses mains, elle ne voulait pas qu'on la voie manger, elle était sombre, butée, incompréhensible comme un animal, c'était peut-être pour ça que les enfants de la rue lui avaient donné son surnom. Elle avait dix-sept ans, mais elle était si chétive qu'elle en paraissait à peine quatorze. Elle s'était installée dans la rue, devant la maison, et Hélène la voyait chaque fois qu'elle sortait. Un jour, elle a voulu lui donner

l'aumône, mais la jeune fille l'a regardée de ses
yeux sombres, elle lui a dit simplement : «Je ne
veux pas d'argent, je veux travailler chez vous.»
Au début, Hélène lui disait en riant : «Tu es
trop petite pour travailler.» Mais la jeune fille
insistait, sans sourire, avec obstination : «Je
peux travailler chez vous, vous n'avez qu'à
essayer.» C'est comme ça que Chita était entrée
dans la maison. Elle aidait Hélène aux tâches
ménagères, elle lavait le sol à grande eau, ou
bien elle s'occupait de Pervenche pendant que
Clémence était en classe. Elle ne parlait pas
beaucoup, elle était toujours sombre, l'air sou-
cieux, méchant. Avec son visage à la peau
presque noire, et ses cheveux bouclés courts,
Hélène trouvait qu'elle ressemblait à Mowgli.
Puis elle s'était détendue, elle riait même quelquefois, elle jouait à la poupée avec Pervenche
qui l'adorait. Longtemps, Hélène s'était effor-
cée de lui apprendre à lire et à écrire, mais
Chita n'y arrivait pas. Elle restait penchée sur
son cahier, ses mains déjà abîmées par le travail
avaient du mal à tenir le crayon à bille. Elle écri-
vait en majuscules sur la page du cahier : JUANA.
Elle ne participait jamais aux jeux des enfants
dans la rue. Dès qu'elle avait fini son travail, elle
s'en allait, avec l'argent de sa paie dans son soutien-gorge et du vieux pain dans un sac de plastique. Elle avait une vie pleine de mystères.

Une fois, Hélène était allée la voir dans le quartier des Parachutistes. Chita habitait une baraque que son père avait construite lui-même, avec des briques posées sans mortier, et un toit de planches et de bouts de tôle. À chaque saison des pluies, les allées étaient transformées en ruisseaux de boue. Quand le canal débordait, l'eau pourrie coulait dans les maisons. Hélène n'avait pas vu les parents de Chita, mais dans la baraque il y avait une jeune fille un peu plus âgée que Chita, le visage marqué de plaques grises. « C'est ma sœur Tina. » Chita avait ajouté simplement : « Elle est malade. Elle a l'épilepsie. »

Tout cela paraît si lointain. Pourquoi Hélène pense-t-elle maintenant à Chita ? C'est comme si tout ce qui s'était passé là-bas avait un sens pour aujourd'hui, non pas dans le genre d'une explication, mais plutôt comme une prophétie.

Le temps a passé loin du Mexique, Pervenche a eu il n'y a pas très longtemps l'âge de Chita quand elle est venue s'asseoir pour la première fois sur le muret, devant la maison des Tulipanes. Hélène s'en souvient bien, peut-être c'est la chaleur de la Provence, dans la petite maison de Ganagobie où elle a trouvé refuge après la mort de sa belle-mère, une chambre crépie à la chaux pareille à sa chambre là-bas. La rue n'est pas la même, il n'y a pas d'enfants qui jouent le soir sur le trottoir, seulement des vieux absurdes qui lancent leurs boules sur la place.

Le temps du Mexique n'était pas le même, les années étaient à la fois très longues et pleines, tous ces jours brûlants, débordant de bruit, de violence, d'émotions.

La solitude aussi. Peut-être que c'est là que tout a commencé, à la manière d'un orage qui se prépare, couvre le ciel sans qu'on sache jusqu'où il ira, jusqu'à quelle profondeur du cœur. Édouard s'absentait chaque soir, il allait passer la nuit dans la zone rose, dans les bordels de Nacho le terrible, c'était ainsi qu'on l'avait surnommé. Un petit homme à la peau jaune, l'air d'un rat, un pourri qui recrutait les filles dans les quartiers misérables et les enfermait dans ses bars minables.

Au début, Hélène ne voulait rien savoir, elle pensait qu'il restait au dispensaire après le travail, elle ne voulait pas que tout recommence comme avec Vincent Lauro, les querelles, la jalousie, un puits sans fond.

Et puis quelqu'un l'avait prévenue. Comme toujours, à mots couverts, Lupe, une femme qu'elle allait voir de temps à autre l'après-midi, parce que son mari l'avait quittée. Hélène croyait que cette femme l'aimait bien, pas seulement à cause des services qu'elle lui avait rendus, elle lui avait prêté de l'argent, et par Édouard elle lui faisait donner des médicaments, des échantillons, des crèmes pour son eczéma. Elle croyait que c'était une bonne voisine.

Lupe avait dit, et soudain sa voix était devenue bizarre, un peu grinçante, et ses yeux brillaient de malignité : «Mais tu ne connais pas le quartier de Nacho le terrible? En tout cas le docteur lui le connaît bien.»

Hélène n'avait pas posé de questions, elle sentait bien que ça lui faisait plaisir, à cette demi-folle, que les autres femmes perdent aussi leur mari.

Mais quand Édouard rentrait à l'aube et se couchait contre elle, elle ne pouvait pas s'empêcher de renifler l'odeur des autres femmes, une odeur poivrée, piquante qui se mêlait à la sueur. Elle se mettait en chien de fusil, après l'amour, elle écoutait la respiration profonde, et elle se demandait pourquoi les femmes ont tellement besoin de dormir avec un homme.

Et puis tout de même, un jour, en prenant sa douche, elle avait vu ces drôles de bêtes sur son pubis, transparentes, qui marchaient un peu de travers comme des crabes minuscules. Elle avait acheté un lit pliant au marché, et elle l'avait installé le plus loin possible, à l'autre bout de la pièce. Elle l'avait acheté pour elle, mais c'était

Édouard qui y dormait. Il n'avait même pas demandé pourquoi !

Hélène l'avait agressé. «J'ai attrapé des poux», a-t-elle dit. Et lui, avec une froideur ironique : «Est-ce que ce sont des poux haïtiens?» Elle a haussé les épaules : «Ils ne portent pas écrit leur nationalité.» Elle s'était complètement rasé le pubis, et passée au *repelente*. Édouard avait même trouvé ça érotique, et un instant elle a cru que c'était un accident, que tout redeviendrait comme avant. Mais il n'avait pas renoncé à la zone de Nacho le terrible. C'était dans sa nature, il ne pouvait pas s'empêcher d'aller voir des prostituées.

Donc, il y avait un orage chaque nuit, le tonnerre grondait sur les volcans, le ciel avait une couleur d'encre qui faisait battre le cœur. Pervenche était terrorisée, elle dormait dans le lit de sa mère, la tête sous l'oreiller. Édouard rentrait à l'aube, il se couchait sur le lit pliant tout habillé, il dormait jusqu'à une heure, et il repartait pour le dispensaire. Comment pouvait-il passer toutes ses nuits là-bas, avec des ivrognes? Quand Hélène lui posait des questions, Édouard la regardait de son regard froid et sérieux, et dans le vert de ses iris il y avait un trouble, une angoisse qu'elle ne pouvait pas comprendre. Ou bien il se fâchait, il se détournait, l'air de dire : qu'est-ce que tu racontes, d'abord on n'est pas mariés. Elle se sentait prise au piège, très loin de tout, dans cette casemate de ciment que le soleil de l'après-midi avait chauffée comme un four, et la musique des moustiques jusqu'au petit matin, rôdant autour des moustiquaires des filles. Et les cris des geckos sur les murs.

Pervenche avait été gravement malade, le ventre gonflé par les amibes, elle vomissait et brûlait de fièvre. Édouard n'était pas là, il avait fallu courir sous la pluie jusqu'à la place pour trouver un taxi, et passer la nuit à l'hôpital, pendant que les infirmiers de service piquaient Pervenche avec des seringues de Flagyl douteuses. Édouard n'avait rien fait, il n'était pas au dispensaire, il était chez Nacho le terrible. D'ailleurs, quand Hélène avait voulu lui en faire le reproche, il avait répondu, toujours de sa voix calme : «Peut-être que tu devrais rentrer chez toi en France avec tes filles, moi je vais m'en aller de toute façon, j'ai demandé ma mutation.» Pour la première fois il a parlé de sa femme et de sa fille en Haïti, et tout ce qu'Hélène a pu dire, d'une toute petite voix, c'était : «Je ne savais pas que tu avais une fille, comment s'appelle-t-elle?» Mais il n'a rien dit de plus.

Une nuit d'orage, Édouard n'était pas là, le Duero est sorti de son lit et a coulé à travers le village, s'engouffrant dans la rue principale et cascadant vers le bas, emportant tout sur son passage. C'est Pervenche qui l'avait réveillée, elle poussait des gémissements en dormant. Et quand Hélène s'était levée, elle avait posé le pied dans l'eau glacée qui remplissait déjà la maison. Encore aujourd'hui elle sent le frisson d'horreur qui l'a parcourue, la chaleur épuisante et cette eau glacée, obscure, lourde, qui entrait dans la maison en passant sous la porte. Fébrilement, à la lueur de sa torche électrique, Hélène avait tenté de boucher la fente sous la porte avec des papiers, des bouquins, du linge, mais le courant était trop fort. En même temps, c'était terrifiant, ce silence, cette lenteur partout. L'électricité avait sauté. Hélène a réveillé Clémence, elle a pris la petite Pervenche dans ses bras et elles ont grimpé sur la table du salon. Elles ont attendu là, presque sans parler, serrées les unes contre les autres comme des poules sur leur perchoir.

À l'aube, Hélène a entendu des cris dehors, des appels, et elle a pensé que c'était Édouard qui venait. Pervenche s'était endormie dans ses bras. Clémence était froide, les lèvres serrées, comme si elle était malade

C'était le voisin, l'homme aux abeilles, qui pataugeait dans la rue et qui frappait aux portes.

Il s'est arrêté devant la maison d'Hélène :
« Holà, tout va bien ? » La question était presque
comique vu les circonstances. Perchée sur sa
table, Hélène a crié : « Tout va bien ici, merci. »
La lumière du jour commençait à poindre à travers les fenêtres, et Hélène a vu que l'eau avait
baissé, par endroits le sol de carrelage émergeait
en formant une plage de vase. Pieds nus, elle a
porté Pervenche dans son lit, et avec Clémence
elles sont sorties voir ce qui se passait dehors. La
rue des Tulipanes était une calme rivière de
boue. Sur le mur blanc du verger d'en face, la
crue avait dessiné la forme brune des vagues.
Des bouts de branches étaient accrochés aux
pierres, il y avait des cartons, des morceaux de
toile, même des chaussures. Les gens arpen-
taient la rue, leurs torches électriques à la main,
pareils à des fantômes détrempés, pantalons
retroussés, les femmes tenant leurs robes soule-
vées jusqu'au haut des cuisses. Des gosses couraient déjà sur les trottoirs, s'éclaboussaient en
criant. Clémence avait retrouvé la bande,
Rosalba la Güera, Pina, Chavela, elles parlaient
avec véhémence, avec des voix aiguës de petites
souris. Peut-être que c'est ce matin-là, devant la
rue boueuse, avec cette lumière bizarre d'un
jour inondé, et cette solitude, qu'Hélène avait
compris que c'était fini, qu'elle devait partir.
Mais elle avait quand même tenu encore, des

jours, des mois, parce qu'elle voulait croire que tout allait s'arranger, que la vie allait être à nouveau forte et belle, riche d'expériences et de nouveautés. Ou bien c'était à cause des jeux de Clémence et de Pervenche dans la rue, ces courses et ces danses, ces mimes, ces chansons. Elle avait peur de retourner là-bas, en France, en hiver, de retrouver les fantômes de ses échecs, les marques du passé pareilles à des ornières où elle retomberait, où elle s'enliserait. Son visa d'immigrante temporaire allait se finir, elle savait qu'Édouard Perrine ne ferait rien pour le proroger. Il avait décidé de partir avant Noël, il retournait en Haïti, tout était fini. Maintenant que la décision était prise, il était devenu gentil, il restait à la maison le soir, à lire ou à écrire ses rapports. Il bavardait avec les voisins, et Hélène a découvert avec rancœur que c'était lui que les gens avaient apprécié, que c'était lui qu'ils regretteraient.

La rue des Tulipanes n'arrivait pas à retrouver son visage d'avant. Les matelas avaient séché dehors au soleil, les sols avaient été lessivés, et pourtant la boue ressortait chaque jour. Il y en avait partout, même à l'intérieur de la lunette de la montre d'Hélène. Une odeur bizarre aussi, une odeur de cave et de mort, et les gens disaient que c'était le cimetière qui s'était répandu à travers tout le village.

C'est cette odeur affreuse qu'Hélène avait ramenée avec elle, dans ses valises, elle imprégnait ses vêtements, ses livres, même les cheveux de ses filles. Ç'avait été comme de sortir d'une longue maladie. En février, il y avait eu des orages sur la Provence, et la pluie qui tombait à verse sur le toit de tuiles de la maison empêchait Hélène de dormir. Elle guettait le moindre signe de l'inondation. Clémence était demi-pensionnaire au lycée d'Avignon, et Pervenche allait à l'école du village. Pour elles surtout ç'avait été difficile. On se moquait de leur accent, des mots français qu'elles estropiaient. Elles disaient « la maison est bide », ou bien « tu me pisses le pied ». Un jour une camarade de classe de Clémence lui a demandé : « C'est vrai que tu étais au Mexique ? Il y a des écoles là-bas ? »

Après l'inondation, Chita n'est pas revenue. Hélène l'a attendue, chaque matin, elle a pensé qu'elle était malade, ou qu'elle devait travailler à tout nettoyer chez elle, ou peut-être que l'état de sa sœur avait empiré. Après une semaine sans nouvelles, Hélène a marché jusqu'au quartier des Parachutistes. Elle s'attendait à trouver l'endroit complètement dévasté, mais à sa grande surprise, l'inondation avait épargné les Parachutistes. Ou bien leur vie était tellement précaire qu'ils avaient traversé cette épreuve sans rien perdre. La maison du père de Chita était vide, mais l'information circulait vite dans le quartier, et quelques instants plus tard, la sœur de Chita est arrivée. Elle marchait lentement, en s'appuyant aux murs. Son visage était plus gris, Hélène a remarqué un hématome sur son front, et elle a pensé que la jeune fille avait dû tomber au cours d'une crise. «Où est Juana?» Tina parlait lentement, avec difficulté : «Elle est partie. — Quand est-ce qu'elle revient?» La jeune fille semblait chercher ses mots. «Je ne sais pas. Jamais.» Elle n'avait pas le regard sombre de sa sœur, mais plutôt des yeux vides, et Hélène avait le cœur serré. «Comment, jamais? Mais où est-ce qu'elle est allée?» Tina a dit : «Elle s'est mariée. Elle m'a dit de vous remettre ça.» Elle est entrée dans la maison, et elle est revenue avec le cahier d'écriture de Juana. Sur la dernière page, après tous les exercices, elle avait écrit : JUANA. GRACIAS.

C'est ce cahier qu'Hélène a emporté avec elle jusqu'en Provence. Elle ne sait pas pourquoi, elle n'a rien pris de ce que ses filles avaient fait, les dessins, les exercices d'histoire, de calcul, les dictées. Juste ce cahier, couvert de l'écriture maladroite de Chita et ces deux mots de la fin.

6

Pervenche glissait dans un trou profond et
sombre. Ou plutôt, c'était son vieux rêve d'un
boyau perforant la terre dans lequel elle rampait, les coudes serrés contre ses flancs, les
genoux écorchés, avec juste assez de place pour
pouvoir avancer d'une ondulation douloureuse
de tout son corps, et c'était si long, si étroit
qu'elle ne savait plus si elle avançait ou si elle
reculait. Elle ne savait plus depuis combien de
temps elle était enfermée dans cette chambre.
Des semaines, des mois. Elle se levait de temps
en temps, enveloppée dans le peignoir que Dax
lui avait donné, elle titubait jusqu'à la salle de
bains. Puis elle retournait se coucher.

Dehors il faisait beau, à travers les volets fermés elle voyait la lumière du soleil. On était en
automne, ou bien au commencement de l'hiver.
La villa était au centre d'un bois de pins,
Pervenche sentait l'odeur des aiguilles, elle
écoutait le léger sifflement du vent, les craque-

ments des écureuils en train de ronger les pignes. Tout était si calme que le moindre bruit résonnait dans l'esprit de Pervenche comme un fracas. Elle guettait les bruits, puis son esprit se détachait de la réalité, et elle retournait à ses rêves. C'était une longue histoire, sans raison ni fin, qui s'éloignait et se rapprochait, l'entraînait au gré de son courant. Tantôt angoissante et terrible, tantôt douce, mêlée à ses souvenirs. Quelquefois elle était à Camécuaro, sur le grand lac froid, elle glissait sur une barque plate entre les troncs d'arbre tordus, et sur les berges, au loin, elle entendait la musique des mariachis de la fête. Des éclats de voix, des rires, ou bien une interminable chanson sirupeuse qui venait d'un boom-box, quelque part, et les cris des adolescents qui jouaient au foot sur un terrain vague. D'autres fois, elle revivait des moments de sa vie passée, pleins de brutalité, les nuits avec Laurent dans les bars de la vieille ville, il y avait cet homme élégant, accoudé au comptoir, qui la regardait avec insistance, et elle se sentait happée par ce regard, elle flottait dans le vide. « Qu'est-ce qu'il y a ? Qu'est-ce que vous regardez ? » La violence éclatait à la vitesse d'une fusée, emplissait la salle. Laurent était tombé à terre, sous l'homme qui l'étranglait méthodiquement, implacablement, une grimace de jouissance écartant ses lèvres. Alors elle frappait

cet homme, de toutes ses forces, ses poings serrés, sans même ressentir la douleur, elle tirait
l'homme par les cheveux, elle l'insultait : Sale
con, enculé, lâche-le! Lâche-le! Et Laurent restait par terre, étendu les bras en croix, une
marque rouge sur son cou, les yeux pleins de
larmes, et autour d'eux les gens riaient.
Pervenche soutenait Laurent, elle avait passé ses
bras autour de lui et elle le traînait dehors, il faisait nuit, la pluie tombait en grésillant sur les
néons. Elle revoyait cette scène pareille à un
mauvais film qui se déroulait dans son esprit, son
cœur battait à toute vitesse comme cette nuit-là
dans la rue, elle sentait son souffle brûler sa
gorge, elle sentait un vertige qui faisait onduler
le trottoir, elle sentait la solitude de sa vie.

Est-ce qu'elle était malade? Est-ce que c'était
ça, tomber malade? Pas comme la fièvre, elle se
souvenait des après-midi au Mexique, la grande
pièce au plafond à deux eaux, à regarder les
toiles d'araignée qui dessinaient des étoiles,
Hélène avait voulu les nettoyer à coups de balai
et Pervenche avait crié: «Non, s'il te plaît, ne les
tue pas, elles sont mes amies, je les aime.» Et ici,
dans la chambre fermée, avec le soleil d'hiver
qui luit au-dehors, les pins qui craquent, les écureuils ou les rats qui sautent de branche en
branche, elle se sentait partir en arrière, dans ses
souvenirs, elle n'avait rien à quoi s'accrocher.

Mais c'était peut-être ce qui se cachait dans son ventre, ce secret, cette indiscrétion. Pervenche se mettait en boule autour, pour ne pas le perdre, pour qu'on ne le lui prenne pas. Dax venait vers le soir, guindé dans son habit noir, son visage très blanc, il détestait le soleil, il n'allait jamais à la plage, jamais dans le jardin, il vivait les volets fermés tel un vampire.

Il se couchait tout habillé sur le matelas à côté d'elle, il ne la touchait pas, sauf une fois ou deux, il avait glissé ses mains froides sous sa chemise, il lui avait caressé les seins, le ventre. Il lui parlait, elle n'écoutait pas ce qu'il disait. Un jour, il l'avait trouvée près du téléphone. Il s'était mis en colère : «Tu veux partir, tu peux partir. Quand tu veux. Je te dépose en ville, tu n'as qu'à le dire. C'est facile. Pas besoin de téléphoner.» Il avait débranché le téléphone du couloir.

Au début, les premiers temps, les jours qui avaient suivi son arrivée à la villa, Dax avait présenté Pervenche à ses amis. C'était ridicule, vaguement menaçant. Il lui avait fait mettre une robe d'été, il voulait qu'elle se coiffe et se maquille comme une poupée. Mais maintenant, elle refusait. Elle lui avait dit que c'était à cause de son ventre, elle ne voulait pas qu'on la voie dans cet état. Alors il l'avait laissée seule dans la chambre, aller à ses rêves.

Elle ne voyait personne. De temps à autre, elle entendait des éclats de voix, dans le vestibule ou du côté de la cuisine. Des bruits de voiture dans le jardin. Elle regardait à travers les fentes des persiennes, elle ne pouvait voir qu'un bout de route en gravillons, un triangle d'herbe qui jaunissait au soleil. Elle écoutait les craquements, elle sentait l'odeur des pins grillés qui arrivait avec un souffle chaud, juste le temps de lui donner mal au cœur. C'était vivant, trop vivant. Elle se sentait comme morte. Elle restait assise sur le carrelage, sa chemise de nuit tirée jusqu'à ses chevilles, les bras noués autour de ses jambes.

Elle ne vivait pratiquement que de milk-shakes. Dax renouvelait les pots de glace à la vanille et les litres de lait, et elle n'allait à la cuisine que pour actionner le mixer. Par instants, elle pensait à Clémence, ou à sa mère, mais c'était une pensée lointaine, lente, diffuse. Elle ne ressentait plus de colère ni de rancœur quand elle se souvenait de Laurent. Il l'avait trahie, vendue à Dax. Maintenant, elle appartenait à ce petit homme ridicule et impuissant, elle et le bébé qui grandissait dans son ventre.

Un jour, Dax lui a dit : « Il y a ta sœur qui te cherche, elle a téléphoné à l'appartement, Sacha lui a dit que tu ne voulais pas lui parler. Il faut que tu lui écrives. » Il lui a donné une carte postale assez laide qui représentait un bord de

mer, une plage. Elle a dessiné sur l'image un
cow-boy en train de tirer sur les baigneuses, et
de l'autre côté elle a écrit : *Wish you were here.*
Dax a regardé le dessin, il a ricané : «C'est ça
qui va la rassurer.» C'est lui qui a marqué
l'adresse, Pervenche ne se rappelait même plus
où Clémence habitait. Là-bas, à Bordeaux, avec
cet homme, Paul, un avocat, ou bien un juge
comme elle, elle ne s'en souvenait plus, elle s'en
fichait. Peut-être qu'ils avaient déménagé, ou
qu'ils s'étaient séparés. Plus rien ne l'intéressait.

Celle qu'elle aurait voulu voir à la rigueur,
c'est Chita. Elle n'avait plus pensé à Chita
depuis des années et maintenant, dans le silence
de cette villa abandonnée, squattée par ces
voyous pour une saison, Chita est revenue.
Quand Clémence partait pour l'école, Hélène
parcourait la ville au volant de la vieille R 16
emboutie de Perrine. Alors Chita était seule à la
maison avec Pervenche. Elle sortait le carton à
jouets dans la grande salle à manger un peu
sombre, et elle s'amusait avec Pervenche, doucement, gentiment, comme elle n'avait sans
doute jamais joué avec personne.

Chita la bougonne, la muette, quand elle restait seule avec Pervenche son visage tout à coup
s'éclairait, elle riait aux éclats en déshabillant les
poupées, en rangeant les meubles miniatures,
les tasses, les flacons, les savonnettes, les brosses

à cheveux minuscules. Elle avait sept ans, huit ans, l'âge de Pervenche, elle faisait parler les poupées, elle leur chantonnait des comptines, des chantefables, des devinettes. Quand elle riait, ses dents blanches jetaient un éclair dans l'ombre. Le carrelage du sol était vert et froid, la lumière dans les feuilles des goyaviers faisait bouger des taches sur les dalles, au passage des nuages. Jamais plus Pervenche n'avait connu des moments comme ceux-là.

Quand Hélène a décidé qu'elles devaient partir, Pervenche a compris que c'était fini, elle ne reverrait plus Chita. Elle s'en souvient, après l'inondation, tout s'est effondré. Elle a su qu'elle ne serait plus la même. Peut-être que Chita était morte.

Elle n'a pas pleuré, elle s'est refermée sur elle-même, elle a détesté sa mère. Clémence elle-même ne pouvait pas comprendre. Ça n'était pas une crise de colère qu'on oublie, c'était un mal au fond d'elle que chaque instant, chaque jour rendait plus tenace, enfonçait plus profond. Peut-être que c'est à cet instant-là qu'elle a compris le monstrueux égoïsme d'Hélène, qui faisait fluctuer la vie de ses enfants au gré de ses amours successifs.

Un après-midi, vers le soir, Pervenche était seule dans la villa, dans la cuisine, en train de faire bouillir de l'eau dans une casserole pour des pâtes, elle a entendu des éclats de voix au-dehors. Il faisait encore jour, il y avait une lumière chaude qui passait à travers les volets, plus brillante que la barre de néon au-dessus de la cuisinière.

Quelqu'un qui criait, avec une drôle de voix aiguë, on aurait dit qu'il pleurait. Ça venait de l'autre côté de la maison, dans le jardin, sur la façade. Pervenche a marché vers la chambre, elle est passée sur le matelas et elle a collé sa figure sur le volet fermé. Et d'un coup, avant de rien voir, elle a reconnu la voix de Laurent, et c'était son prénom qu'il criait. Elle n'arrivait pas à l'apercevoir à travers les fentes des persiennes, il était caché par la haie de fusains. Elle voyait seulement l'allée de gravier, et des carrosseries de voitures arrêtées. Les gardes de Dax devaient le repousser, parce qu'ils s'éloignaient et reve-naient en arrière, et lui criait le nom de Pervenche avec une voix aiguë, étranglée. Elle entendait sa voix ridicule, elle en ressentait de l'horreur, son cœur battait trop vite, mais ça n'était pas de la peur, plutôt du dégoût, comme si tout allait recommencer, et qu'elle allait être à nouveau dans la rue, avec cette chaleur trop forte, la brume sur la mer, les reflets sur les voi-tures, la nuit qui arrive et les vitrines qui s'éclai-rent et on ne sait pas où on va aller.

Pervenche restait sans bouger, le front appuyé contre le métal des volets. Après un moment, il y a eu un grand bruit, des portières qui ont claqué, et les voitures descendaient la colline vers la ville les unes derrière les autres. Puis le silence.

Pervenche s'est couchée la tête sur le matelas, les genoux repliés contre son ventre, tout en rond autour de l'enfant qui tournait dans son sommeil, et elle a attendu que les coups de son cœur se ralentissent, redeviennent lents, très lents. Elle a attendu que Dax revienne, et la nuit tombait. Chaque soir, il y avait les cris angoissés des merles. Mais ça lui faisait du bien de les entendre, ainsi que le grincement des cigales, de plus en plus fort, jusqu'à remplir la chambre d'un filet sonore tendu entre les murs. Pervenche se souvenait de la nuit au Mexique, les bruits de la nuit qui lui faisaient si peur, la moustiquaire bordée sous le matelas qui devenait une armure. Et Clémence qui la regardait sans rien dire, jusqu'à ce qu'elle s'endorme.

Dax n'est pas rentré. Mais vers minuit, un peu plus un peu moins, il y a eu à nouveau du bruit. Des lueurs clignotaient dans le jardin. C'est arrivé très vite, comme si c'était prévu, inévitable.

Les policiers sont entrés dans la chambre,

leurs torches allumées. Ils ont éclairé Pervenche recroquevillée sur le matelas, sa chemise de nuit rose à petites fleurs tirée jusqu'à ses chevilles. Elle était pâle dans le faisceau des torches, ses yeux tachés du Rimmel qui avait coulé, sa bouche rouge comme une plaie. Elle paraissait un animal débusqué au fond d'une tanière. «Bon sang, c'est pas possible!» a dit le policier qui était entré le premier. C'est tout ce que Pervenche a entendu. Elle s'est demandé: mais qu'est-ce qui n'est pas possible?

7

Tania est arrivée au printemps, tôt le matin. Il avait neigé dans la nuit, et Pervenche se souvient qu'il y avait du blanc sur les arbustes et sur les trottoirs de la cour quand on l'a transportée à l'infirmerie. Mais le ciel était pur et limpide, et ça lui a fait plaisir.

Au Centre, personne ne s'y attendait. Tout s'est passé très vite. Dans la nuit, elle a perdu les eaux, et elle n'a pas eu le temps d'aller jusqu'à la maternité. Tania est née dans l'infirmerie du Centre, sur un lit de camp tendu d'un drap, dans la longue pièce sombre avec la haute fenêtre grillée au fond, où le jour commençait à poindre. Ce sont l'infirmière guadeloupéenne Charlène et une détenue nommée Janine qui ont servi à la fois de sages-femmes et de fées pour se pencher sur le berceau de Tania et lui souhaiter la bienvenue.

Après l'accouchement, Pervenche s'est endormie, d'un sommeil long et délicieux comme elle n'en avait pas goûté depuis des mois. Elle n'a pas voulu qu'on prévienne qui que ce soit de sa famille. Surtout pas sa mère. D'ailleurs, Hélène était bien trop occupée avec Jean-Luc Salvatore et son atelier d'art et de poterie. Elle était plus loin de Pervenche que si elle avait habité à l'autre bout de la terre.

Pervenche regardait avec émerveillement ce petit morceau de chair rouge emballé dans des linges, qui se réveillait pour sucer son sein puis s'endormait dans ses bras avec ses petits poings serrés. Tania avait les yeux de sa maman, avait décrété Charlène, ses fameux yeux d'un bleu étonné. Peut-être qu'elle avait les traits de son papa, mais ça, Pervenche n'y pensait même pas. Cette petite chose vivante était à elle, bien à elle, c'était la seule chose que Pervenche avait jamais vraiment possédée. Ça n'était pas comme un animal, ou comme un objet. C'était une chose égoïste et personnelle qui se reliait à sa vie, qui prenait et donnait à sa vie en même temps.

Pervenche n'avait jamais rien imaginé de tel. Les deux, trois jours qui ont suivi l'accouchement, elle se retournait sur son lit, dans la cellule du Centre, et juste à côté d'elle, dans le berceau trop grand, il y avait Tania qui dormait. De temps en temps une ombre passait sur ce petit visage, elle fronçait le nez et plissait les yeux, et elle grognait juste deux fois, comme ceci : hin-

hin. Alors Pervenche lui donnait à téter. Puis elles se rendormaient toutes les deux, de ce sommeil profond et léger, et elles flottaient sur un nuage.

Plus tard, Pervenche est sortie du Centre. Charlène lui a trouvé une maison, à la campagne, près d'un village nommé Mazaugues. Une communauté où vivaient d'autres filles mères, et quelques femmes battues qui avaient fui leur mari. La directrice était une femme aux cheveux gris qui s'appelait Rachel.

Dans la maison, il y avait une petite chambre au rez-de-jardin pour Pervenche et Tania. Tout autour, un grand parc avec des animaux, des poules, des oies, et un grand chien noir hirsute que chevauchait Laurent, le petit garçon de Rachel. C'était calme, plein de rires, de jeunesse, comme autrefois la rue des Tulipanes.

Le matin, le jardin craquait de givre. Il y avait des abeilles au travail sur les premières fleurs. Des rouges-gorges dans les buissons. Même, parfois à l'aube, un rossignol qui réveillait les filles pour leur raconter des histoires d'amour.

Pervenche a tout réappris, depuis le commencement. À parler, à chanter, à partager les travaux de la cuisine, à laver le linge des bébés, à repeindre les volets de la maison. Elle accompagnait Rachel en voiture, pour aller faire les courses au marché de Brignoles. La première fois, ça lui a paru le bout du monde. Il y avait si longtemps qu'elle n'avait pas vu les rues de la ville, les autos, les gens qui se pressent et vous regardent, elle en tremblait. Elle se serrait contre Rachel, qui lui disait : «Allez, il faut que tu affrontes, il faut que tu sois forte!»

Le procès de ses bourreaux approchait. Un jour, il a fallu que Pervenche aille à Marseille. Elle a confié Tania aux autres filles, et elle est partie en auto avec Rachel. Dans les couloirs du Palais, en sortant de l'instruction, elle a croisé Dax et les loubards, Sacha, Willie. Dax était petit, très jaune, il l'a regardée sans expression, peut-être qu'il ne la reconnaissait même pas. Pervenche s'est arrêtée le cœur battant, c'était comme si tout cela s'était passé il y avait très longtemps, dans une autre vie. C'étaient des fantômes gris et tristes qui glissaient le long des murs, menottes aux poignets.

Laurent n'était pas avec eux. En échange des informations qu'il avait données pour faire libérer Pervenche, on l'avait laissé libre, on n'avait pas retenu de charge contre lui. Il n'était qu'un petit étudiant dopé, on l'avait envoyé suivre une cure de désintoxication.

Un soir, de la cabine de Mazaugues, Pervenche lui a téléphoné chez ses parents. Il avait une drôle de voix un peu cassée. Il répondait par monosyllabes, comme un gosse capricieux. Pervenche lui a dit : «Tu sais, j'ai un bébé maintenant.» Il y a eu un silence, et il a dit : «Comment elle s'appelle?» Elle s'est moquée de lui : «Qui t'a dit que c'était une fille?» Il a dit : «C'est ce que tu voulais, non?» Il a dit, et sa voix était encore plus basse et enrouée, peut-être parce qu'il le pensait : «Est-ce que tu me laisseras la voir un peu?» Elle a dit : «On verra, un de ces jours peut-être, je ne sais pas encore.» Elle a dit : «Bon, eh bien, salut, il faut que j'y aille.» Elle a pensé qu'elle pourrait le revoir un jour.

Rachel lui a dit : «Surtout, surtout, ne le contacte pas, ne le revois jamais, n'oublie jamais ce qu'il t'a fait, qu'il t'a vendue pour payer sa came.» Rachel était gentille, mais qu'est-ce qu'elle comprenait à la vie, qu'est-ce qu'elle savait de ce trou noir dans lequel tu tombes, tu tombes, et rien ni personne ne peut t'empêcher de tomber jusqu'à ce que tu sois au fond, tout au fond? Qu'est-ce qu'elle savait de Pervenche, de ce qu'il y avait dans son cœur, de ce trou noir qui était en elle, et les autres n'avaient été que les circonstances de sa chute et pas sa cause?

Elle est rentrée dans la maison de Mazaugues avant la nuit. Elle a marché depuis le village toute seule sur la route, entre les vignes, en fumant une cigarette, et ça lui a paru délicieux.

Le petit garçon Laurent est descendu à travers le pré pour l'accueillir, toujours à cheval sur son grand bouvier noir. «Tu es allée voir ton amoureux?» Finalement il était plus malin que sa mère. Pervenche a dit : «Oui, mais ne le répète à personne.» Les fenêtres de la maison brillaient contre le ciel bleu. Pervenche a monté la pente jusqu'à la grande pièce où les filles gardaient les bébés ensemble. Elles avaient fait comme une arène au centre, avec des coussins, et les bébés roulaient et tanguaient. Tania était là, elle rampait cul nu au milieu des autres. Pervenche a ri, elle s'est sentie libre.

Vers l'été, Clémence est partie en voyage avec Paul. C'étaient leurs premières vacances depuis qu'ils étaient mariés. Clémence a choisi le Mexique, naturellement. L'avion jusqu'à Mexico, c'était long, mais ça n'était qu'un voyage. Ça ne ressemblait pas à ce qu'elle avait fait autrefois avec sa mère, quand Pervenche était restée à Ganagobie avec la grand-mère Lauro, et qu'elles étaient parties pour ne jamais revenir.

Bien sûr, Clémence n'a rien reconnu. Le bus du Michoacán roulait sur une autoroute nouvelle, qui passait par la *via corta*, par Querétaro, Acambaro, Morelia. Il n'y avait pas de poules sur le toit, ni d'Indiennes accroupies dans l'allée.

C'était un bus de luxe aux vitres teintées, qui ne s'arrêtait pas dans les villages. À la ville de Zamora, au bout de la chaussée, il y avait de nouveaux hôtels avec des jardins et des piscines. Il y avait des embouteillages.

Un taxi les a laissés à l'angle de la rue des Tulipanes. La nuit tombait, mais la rue était vide d'enfants. Il n'y avait qu'une vieille sur le pas de la porte, devant la maison où vivait autrefois Chavela. Clémence n'a rien osé lui demander, parce que Paul était avec elle.

Paul lui serrait fort la main, il était ému. Il lui a dit : « C'est ici que tu habitais ? » La petite maison du docteur Perrine avait l'air abandonnée. Le jardinet devant la fenêtre de la cuisine était envahi par les herbes. Pervenche a cherché la maison de Pina, où vivait le maître des abeilles. Quand elle a frappé au carreau, le vieil homme est sorti. Il était maigre, avec un visage émacié, maladif. Clémence a dit son nom, mais le vieux ne se souvenait plus. Par politesse, il a demandé des nouvelles de sa famille. En revanche, il se souvenait très bien du docteur Perrine. Et Pina ? Et Rosalba ? Carlos Quinto ? Il a eu un geste vague de la main, il les montrait au loin, de l'autre côté des volcans. Ils sont partis, ils sont de l'autre côté, à Los Angeles, Californie.

Pina travaille, il paraît qu'elle va se marier. Carlos est soldat. Rosalba et Maïra vont à l'école

là-bas. Ils ne sont jamais revenus. Leur mère
envoie un peu d'argent par la poste. Elle s'est
mariée à un gringo, ils habitent une grande maison, ils ont une voiture neuve avec même la télé
à bord et un lecteur de cassettes. Il a dit ça avec
la voix de quelqu'un qui n'y croyait pas vraiment.

La rue des Tulipanes est froide et humide,
sans les enfants. Clémence tient la main de Paul
fermement. C'est comme si elle avait rêvé tout
cela, la rue le soir, les jeux des enfants, Chavela,
Beto le berger, Pina, Maïra, Rosalba la Güera.
Pas vécu, rêvé tout cela. Et les cris et les chansons, Pervenche gardait sa petite main serrée
dans la sienne, tandis que les flammes jaillissaient au bord du trottoir, devant les enfants, et
dans la nuit les étincelles tourbillonnaient, montaient, rejoignaient les étoiles.

CHERCHER L'AVENTURE

Durant la fête qu'ils appelaient Ixnextiua, *ce qui veut dire chercher l'aventure, ils disaient que tous les dieux dansaient, et ainsi tous ceux qui dansaient se déguisaient en divers personnages, les uns en oiseaux, d'autres en animaux, et ainsi certains se métamorphosaient en colibris, d'autres en papillons, d'autres en abeilles, d'autres en mouches, d'autres en scarabées. D'autres encore portaient sur leur dos un homme endormi, et ils disaient que c'était le rêve.*

BERNARDINO DE SAHAGUN,
Historia general de las cosas
de Nueva España.

La nuit tombe et avec elle vient le souvenir des peuples nomades, les peuples du désert et les peuples de la mer. C'est ce souvenir qui hante l'adolescence au moment d'entrer dans la vie, qui est son génie. La jeune fille porte en elle, sans vraiment le savoir, la mémoire de Rimbaud et de Kerouac, le rêve de Jack London ou bien le visage de Jean Genet, la vie de Moll Flanders, le regard égaré de Nadja dans les rues de Paris.

En vérité, c'est si difficile d'entrer dans le monde adulte quand toutes les routes conduisent aux mêmes frontières, quand le ciel est si lointain, que les arbres n'ont plus d'yeux et que les majestueuses rivières sont recouvertes de plaques de ciment gris, que les animaux ne parlent plus et que les hommes eux-mêmes ont perdu leurs signes.

La jeune fille de quinze ans monte lentement la route qui la conduit chaque matin au lycée, entre les falaises des immeubles, dans le bruit des camions et des autos qui vont et viennent. Elle pense : aujourd'hui, peut-être, j'arriverai en haut de la pente et de l'autre côté, d'un seul coup il n'y aura plus rien, seulement un grand trou creusé dans la terre.

La jeune fille de quinze ans marche dans la foule, à midi, comme si elle avait laissé l'école quelques heures, juste quelques heures d'escapade volées aux maîtres de maths, de sciences nat ou d'histoire-géo, et qu'elle était à bord d'un grand train rouillé dans lequel elle aurait sauté en marche et qui la conduirait à l'autre bout de la terre, vraiment aux confins, au Havre ou à Rotterdam, ou peut-être même à Yokohama. Elle marche, et elle cherche dans les yeux qui croisent son regard quelque chose, une exaltation, une étincelle neuve, juste avant le sourire et les mots qui l'entraîneraient vers une vie nouvelle.

Ou bien à minuit, vêtue de son blouson de cuir acheté au clou, et qui porte écrit sur le col SCHOTT. La nuit froide est un frisson sur sa peau, la nuit brille dans l'obsidienne de ses yeux, la nuit fourmille de lumières, d'étoiles, de feux rouges, de noms au néon magnifiques et étrangers, de noms dangereux, de noms qui rugissent du fond de la vie, qui disent,

CHANGE

                                   Maccari & Franco
            HASARD

               LOCUST

               SOLEDAD

Son cœur bat au rythme des mots lointains, des airs insensés. La jeune fille de quinze ans marche seule dans la nuit, à la recherche d'une image, d'un reflet, d'une étincelle. C'est au fond d'elle, il y a ce vide, cette fenêtre qui bat, un vent qui souffle, une chauve-souris qui la frôle, et son cœur qui bat, qui bat. Elle ne sait pas ce qu'elle cherche. Pourquoi se creuse la vague, au-dessus de la ville, et s'ouvrent les portes infinies de l'horizon, au-delà des esplanades et des boulevards de ceinture. Qu'y a-t-il là-bas, de l'autre côté? Est-ce qu'on n'y meurt pas?

Mais le souvenir des temps nomades est plus fort que tout. Chaque soir, il fait battre le cœur adolescent, il creuse le ventre. Le souvenir des temps arapahoes, cheyenne, lakota, texas. Alors il n'y avait pas de murs ni de noms. Il n'y avait pas de numéros. Il n'y avait pas de licence, ni de fichier central de police, ni de livrets de famille, ni d'actes notariés, ni les terribles marques sur les bras, sous la plante des pieds, ni les trous des piqûres à la saignée du coude, ni tout cela, les timbres, les photos, les empreintes du pouce et les bracelets de plastique entourant les poignets des bébés et les chevilles des morts.

Alors la lune montait énormément au-dessus des montagnes, poussée par le hurlement des loups. La nuit était jeune, elle prenait le monde d'un seul coup, elle était immense et glacée, les prunelles des dieux luisaient.

La jeune fille de quinze ans marche vers les carrefours, elle sent la nuit contre ses tempes, serrée contre ses joues, appuyant ses paumes froides sur ses paupières. Elle entend le bruit de ses pas résonner au fond de son corps, elle ne sait pas ce qu'elle cherche, ce qui vient la prendre.

Peut-être que quelqu'un la guette, au fond de l'ombre, dans l'encoignure des portes, au creux des cours d'immeubles. Au loin, le ruban des routes rouges coule comme la lave. Les cris des ondes hertziennes se cognent et se répercutent, des animaux fous, les cris des mots du fond de l'espace, du fond de l'histoire. Quelqu'un qui la pousse sur ce chemin en appuyant ses deux mains à plat sur ses épaules, quelqu'un qui la pousse et elle ne sait pas où s'ouvre le portique de la nuit.

Les enfants rêvent en boule, ils sont hérissons de l'hiver. Les enfants écoutent rugir les tigres et hurler les loups, ils se souviennent bien. Est-ce que dans les caves des immeubles il n'y a pas les hardes du monde du dessous, comme autrefois les lièvres mangeurs de morts ? Est-ce que sur les esplanades quadrillées où coule la nuit il n'y a pas le galop des nomades mangeurs de chevaux, leurs sabres luisants de lune, leurs lances enrubannées pointées vers l'étoile Sirius ? C'est leur souffle qu'elle sent sur son visage, le froid de leur regard, et dans son cœur bat le rythme de leur course, leurs chevaux de nuit, leurs caresses d'herbe sous le vent.

Pour voir cela, pour entendre cela, la jeune fille sort de sa chambre à minuit, elle revêt le jean moulant et le blouson de cuir qui sont ses armures, elle se laisse glisser le long de la gouttière, elle fuit le creux trop doux de son enfance, le nid rose et les coussins à fleurs, l'haleine de son enfance, les photos et les albums de Mickey, les coquillages glanés sur les plages mouillées de pluie et les pommes de pin, elle fuit le sommeil qui coule comme un filet de rivière trop paisible.

Elle s'en va, parce que là-bas, droit devant elle, au bout de la route qui mène au lycée, il y a vraiment tout à coup un creux inconnu qui

l'appelle, et ces noms, ces noms dangereux qui
disent :

MARB MEMO   Emporio
                                      Auvers-sur-Ois
               RIVE
Saturne

chacun de ces mots est un secret, un secret lové,
un instant libéré, et bondissant, jaillissant, prêt à
mordre, un éclair.

La nuit froide est un frisson sur sa peau. La
nuit est son vêtement. Le ciel est serré contre la
terre, les lames des ciseaux défont les nœuds des
tissus, coupent les liens des lacets, les anneaux
des ceintures. La nuit est nue. Les barrières sont
tombées, les insignes et les drapeaux, les livres
trop écrits et les codex où furent gravées les lois
des hommes. La nuit les ferme, les efface. La ville
se creuse comme une grande vague qui déferle.
Les racines des immeubles sont à nu, on voit des
choses rouges, luisantes, des viscères. Il y a un
silence qui tue les pendules. Il y a un froid qui
entre en elle, en toi, une aiguille d'abîme.

La jeune fille de quinze ans sent la nuit sur
son visage, sur la peau de son ventre, sur sa poitrine, chacun de ses poils se hérisse. Chaque

pore de sa peau est un œil, elle sent toutes ces
étoiles, tous ces mots, tous ces regards qui l'at-
tendent. À gauche, à droite, les mains se tendent tandis qu'elle passe, elle entend son cœur
rebondir au fond de l'espace, dans sa gorge,
dans son cerveau, elle sent la langue qui se
déroule entre ses cuisses, jusqu'au fond, jusqu'au point le plus brûlant, le plus secret, le plus
douloureux, le point où commence la vie, le
point qui l'unit à sa mère, à sa grand-mère, le
point au centre de son ventre où pulse conti-
nuellement le sang.

Elle ne sait pas ce qu'est la mémoire. Il n'y a
rien derrière elle, rien dans son nom, rien dans
sa salive. Juste ce point qui palpite, se rétracte et
pulse encore. La nuit entoure sa peau. La nuit
crisse sur les empreintes de ses doigts.

Elle ne sait pas ce qui la suit, ce qui va suivre.
Elle entend peut-être la musique, venue de si
loin. Une femme noire qui crie dans la nuit, et
son ventre se déchire et expulse sur le sol un
enfant rouge qui luit comme un astre. Puis le
lait coule des seins et se répand et trace un chemin blanc dans le ciel, coule dans la bouche de
l'enfant vivant. Et les heures si longues, jusqu'au
jour. Quand le soleil reparaît, déjà brûlant, la
caravane a recommencé à marcher, hommes au
visage fermé, enfants déjà vieux, vieillards gei-

gnant comme des tout-petits. Des oiseaux de proie dans le ciel, les blaireaux et les renards qui se partagent le placenta déterré.

Elle marche dans la nuit, dans ses habits serrés, ses yeux sont endurcis. La ville se creuse comme une vague qui déferle. Le mal apparaît partout, il traîne dans les couloirs des hôtels à putes, dans les salons bourgeois sur les écrans géants les sexes de femme sont ouverts comme des patelles. «Vole!» «Brise!» «Prends!» «Jouis!» «Cherche!» Les mots à une seule syllabe jaillissent du cœur marmonnant de la ville, s'élancent vers les périphériques, courent comme des animaux, brament et crient comme des animaux à l'abattoir.

Dans la nuit, la jeune fille de quinze ans a peur, elle entend le bruit de ses pas, elle sent le souffle sur sa peau. Mais elle continue d'avancer, sans savoir ce qu'elle cherche, ce qui la cherche. Un nom peut-être, une main, une odeur de garçon, une voix qui s'enfonce jusqu'à ce point brûlant qui l'unit au monde.

C'est une très grande clairière sous la lune. La nuit brille sur la glace. La voix des loups a gelé, suspendue en cristaux de givre à leur gueule. De là où elle se tient, la jeune fille de quinze ans peut voir le cœur rougeoyant de la ville. Le ciel est invisible, il est une haleine. Il n'y a pas de démons. Il n'y a pas de morts vivants. Il y a des assassins et des drogués. Mais rien n'a changé. Les peuples nomades, les peuples des déserts de sable et des déserts de la mer, les peuples des chemins sous les nuages errants, dessinant leurs empreintes en cercles de pierres et en gouttes de cuivre sur la peau, les peuples aux masques d'antilope et aux ailes de papillon sont sortis du rêve qui les contenait.

La jeune fille de quinze ans doit entrer dans la vie en quittant sa chambre. Elle le sait. Elle les voit, elle les attend. Ils sont dans son ventre. Ils sortent de son regard. Ils sont ses créatures. Elle n'a pas de savoir, pas de mémoire. Son corps est dur comme la nuit, ses yeux, ses seins, ses épaules, sa chevelure en rivière noire. Elle se coule au-dehors sur les paroles de Rimbaud. Elle va au-devant de ce qui la regarde, elle va vers ce qui l'appelle. Dans son ventre il y a la faim très grande, la faim de vivre, de saisir, d'être prise, de naître, de faire naître. Elle écoute dans la nuit le grincement des guimbardes qui jouent la Mejorana, la Malagueña, qui répètent son nom, encore et encore. Elle est elle. Elle appartient aux vieux peuples nomades, aux peuples des déserts de la mer et du sable, aux peuples des antres et des vallées, aux peuples des forêts et des rivières.

Elle se glisse dans la nuit, elle est libre. Elle s'en va.

HÔTEL DE LA SOLITUDE

C'était le souvenir d'une autre vie, pour Eva, un temps sans limite. Elle avait été à l'hôtel toute sa vie, voyageant sur des paquebots lancés à l'aventure des mers, d'escale en escale, entre Venise et Alexandrie, ou sur la mer de Cortés, de Topolobampo à La Paz. Elle avait tout connu, l'amour et la fête, au temps des festivals, la richesse, la célébrité pareille à une fumée, puis tout avait fondu de ville en ville, dans les galas de pacotille et les amants de commande, et maintenant qu'elle était une vieille femme seule, il ne lui restait plus que la richesse des souvenirs.

Il y avait, dans ces chambres d'hôtel, tantôt somptueuses, tantôt sordides, quelque chose d'à la fois magnifique et pathétique, comme le reflet exagéré de la vie. L'aventure que rien n'arrêtait, la brûlure de l'amour qui n'est plus, l'effacement des visages, un retrait continuel du monde, une exquise amertume. Maintenant, dans cette chambre de l'hôtel d'Almuñecar au nom qu'elle avait presque inventé, et qui lui était destinée depuis le commencement, elle se remémorait tout ce qu'elle avait connu, tout ce qu'elle avait vécu. Ce qu'elle aimait par-dessus tout, c'était la plongée, au bas des escaliers, passé le sas, dans le tumulte des villes. Elles étaient toutes différentes et pourtant si sem-blables (le bruit des voitures à cheval à Mérida, la foule à Constantinople, le grondement de Tokyo). Pour ne pas se perdre, elle disposait sur les tables les mêmes livres ouverts. Chaque jour, elle tournait une page d'*Impressions d'Afrique,* de *Nadja,* ou des *Poésies,* peut-être pour exorciser la mort. Parce qu'elle pensait à Raymond Roussel justement, à son corps froid et déjà raidi que les domestiques emportaient au loin, afin que la chambre fût toujours aussi lisse, toujours aussi irréelle. Elle pensait au jeune Montévidéen, à son visage d'ange exsangue renversé dans la chambre anonyme. Allongée sur le lit à deux places, elle rêvassait en regardant le plafond où la fumée de ses cigarettes dessinait des lettres illisibles.

Souvenir d'un autre monde, qu'elle avait tra-versé sans le voir, les yeux éblouis de miroirs. Ici, pour la première fois, elle ressentait le danger caché dans la banalité du décor, ces rideaux de nylon accrochés au chemin de fer, ces appliques, ces illustrations représentant des moulins à vent, des rivières, des navires. Maintenant que tout avait fui (et qu'elle-même s'était mise hors d'atteinte), il ne restait que le frisson délicieux du danger, ces coups légers frappés à la porte, comme un signal amoureux d'un rendez-vous au crépuscule. Elle se levait sans hâte, elle marchait pieds nus sur le carrelage, jusqu'à la porte. «Votre thé, mademoiselle.» Le garçon d'étage ressemblait à Nathan, il avait les mêmes yeux en amande éclairés d'une lumière à la fois douce et cruelle. Il posait le plateau sur la table basse, près de la fenêtre, il repartait en serrant dans sa main quelques billets. Ainsi plus rien ne nécessitait de hâte, plus rien n'était exigé d'elle, sauf le prix de la solitude. Le seul bien qu'elle avait reçu de la vie, en échange des mirages de son corps, du son de sa voix, du désir que les hommes croyaient lire dans son regard.

Eva se souvenait de ces jours à l'hôtel Washington, à Colón, avec Nathan, ces jours passés à regarder la mer, les navires mouillés au large attendant de traverser le canal. Ensemble ils s'aventuraient dans les rues de la ville noire, ils écoutaient les orchestres jouer le *pindin,* ils regardaient les matrones danser à la porte des sanctuaires, devant les triangles enflammés et les offrandes de fruits. Puis ils rentraient à l'aube, et le grand hôtel était pareil à un navire de bois, craquant dans le vent de l'océan avant de traverser l'isthme. Des années plus tard, Nathan était mort, et elle n'était jamais retournée à Colón. À Buenos Aires, du haut de sa suite à l'hôtel Revolución, elle regardait le flot des voitures, elle entendait le bruit des accidents, les sirènes de la police. Elle errait dans les rues, jusqu'à ce bar de Corrientes, comme si elle allait rencontrer Onetti. Ou bien à Colima, à l'hôtel Casino, sous les ventilateurs, dans la longue entrée décorée de plantes en plastique, elle attendait vainement de voir la silhouette lourde et un peu hésitante de Rulfo.

Que restait-il, ici, à Almuñecar (Costa Bananas)? Dans toutes ces chambres, dans ces salons, dans ces bars et ces halls, c'était le temps qu'elle n'avait pas su capturer. Plutôt que des photos ou des bibelots, elle aimait disposer dans une soucoupe un fruit, une pomme, qu'elle regardait jour après jour vieillir et se friper comme un visage de femme.

Conversations légères avec le concierge, avec le veilleur de nuit. «Resterez-vous longtemps avec nous, mademoiselle? — M'aimez-vous assez?» «Les pluies vont bientôt commencer, la morte-saison. — Ma saison, donc.» Elle avait aimé par-dessus tout ces villes qui vivaient au rythme des voyageurs : Chichester, Étretat,

Biarritz, Syracuse, Tanger, Alexandrie. Ici, à Almuñecar, hôtel de la Solitude, Eva ne possédait plus rien, même plus assez d'argent pour continuer à vivre. Rien que ces souvenirs heureux, l'illusion de l'éternel retour, et la certitude à peine voilée de la nécessité de s'en aller bientôt, pour toujours. On ne choisit rien. C'est seulement ainsi, quelques coups légers frappés à la porte de la chambre, le silence, puis un corps froid, déjà raidi, qu'on emporte vers l'oubli, et dans l'escalier, l'ange vêtu de blanc qui regarde de ses yeux langoureux et cruels. Et, sur quelque guéridon oublié, un thé inutile.

TROIS AVENTURIÈRES

SUE

Le jour de ses seize ans, Sue est partie de chez
ses parents. Elle habitait une petite ville du
nord-est des États-Unis, mettons Moline, juste
une rue centrale avec le drugstore, les magasins
de pêche et un restaurant café-bar, le City Hall,
le collège, et à chaque bout de la rue une sta-
tion-service, d'un côté Chevron, de l'autre
Shamrock, l'une spécialisée dans les réparations
de pneus, l'autre dans la mécanique agricole
John Deer. Elle était née dans cette ville, elle
avait passé ces seize années entre la maison de
ses parents (où seule la couleur de la moquette
avait changé une fois) et le collège Saint John.
Elle avait eu des amies, et à treize ans, quand
elle avait été réglée, elle avait commencé à sortir
avec des garçons. Son père n'avait pas bien sup-
porté, surtout un garçon nommé Eddie, qu'il
trouvait insolent et un peu voyou. Un jour qu'il

l'avait traité de bon à rien, Sue avait répondu et
il l'avait giflée, mais ce n'était pas à cause de ça
qu'elle avait décidé de partir. C'était le monde si
grand, et Moline si petit. C'était cette rue
unique posée sur la plaine comme une piste
pour les extraterrestres, et le bruit lancinant des
trains qui passaient dans la nuit, allant vers l'inconnu. À cette époque, Sue était déjà telle que
je l'ai connue, une fille grande et forte, très
blonde, avec un regard bien droit et une den-
ture parfaite. Elle ressemblait à sa mère, mais la
vie avait bien usé ses parents, même sans qu'ils
aient vraiment des soucis, à la manière de ces
plantes qui se rident et se dessèchent sur place.

Elle ne disait rien. Eux ne disaient rien non
plus. Seulement, le jour de ses seize ans, toujours à cause de la même histoire, son père a
grogné : « Tu coûtes cher, tu devrais chercher
du travail. » Alors Sue a pris un sac, elle a mis ses
économies dans la poche de son pantalon, et
elle est partie. Elle n'a rien dit à personne, pas
même à Eddie. Elle n'avait rien à dire. Elle a pris
un Greyhound à Chicago et elle est allée vers
l'est, parce que c'est là-bas qu'on trouve du travail. Elle a travaillé un an à Philadelphie, ser-
veuse dans un café. Cette vie lui plaisait bien,
mais elle a eu des problèmes avec un type, et elle
a repris son sac, et elle est allée au sud, à Atlanta.
Elle a fait toutes sortes de boulots, caissière dans

un drugstore, et même vendeuse dans une bou-
langerie française. Quand elle a eu ses dix-neuf
ans, quelques économies, elle a voulu revoir ses
parents. Elle a pris un Greyhound, en une nuit
elle est arrivée à Chicago. Elle a attendu jusqu'au matin le car pour Moline. C'était toujours
ennuyeux, ces salles d'attente, il y avait des types
qui venaient, qui cherchaient à l'attaquer, qui
racontaient des salades. Depuis le temps, elle
savait se défendre. À Atlanta, une fille noire qui
travaillait dans le même café lui avait donné le
truc, le cutter dans son sac, à côté des cigarettes.
Mais elle n'avait jamais eu besoin de s'en servir.
Le car est parti à 8 heures, à 9 h 25 elle est arrivée à Moline. Il pleuvait. Elle a marché dans la
grand-rue, elle se souvenait de tout. Il faut dire
que rien n'avait changé. Seulement le café où
elle rencontrait Eddie. Maintenant c'était un
magasin de bonbons. Elle a acheté de la
gomme, et elle a traversé la rue après le City
Hall. La petite maison blanche de ses parents
était là, avec son talus engazonné et son pin bleu
brûlé par les engrais. Elle a entendu le bruit de
la TV dans la cuisine, là où sa mère prenait son
café en bigoudis. Quand elle a sonné, il y a eu
un aboiement frénétique de l'autre côté de la
porte, et Sue a pensé : « Tiens ? Ils ont un chien
maintenant ? » Une voix a dit : « Qu'est-ce que
c'est ? » Ce n'était pas la voix de sa mère. Sue a

dit son nom, et le nom de ses parents. À travers la porte, la femme a répondu que ces gens-là étaient partis il y avait plus d'un an, sans laisser d'adresse. Personne ne savait où ils étaient allés. Sue a marché un moment dans les rues sans savoir quoi faire. Comme il pleuvait, et que de toute façon elle n'avait plus rien à faire ici, elle est retournée à la station des cars, et elle a pris le premier car pour Chicago. De là, elle est repartie vers le sud.

ROSA

Quand elle était petite fille, à Zamora (État du Michoacán, Mexique), Rosa avait appris très tôt qu'elle n'était pas comme tout le monde. Au collège des bonnes sœurs, il y avait d'autres petites filles habillées du même uniforme, jupe et gilet bleu marine, socquettes blanches, blouse grise. Mais elles n'appartenaient pas au même monde. Elles s'appelaient Hernandez, Acevedo, Gutiérrez, Lopez, Ayala. Elles avaient tous ces noms, Leti, Chavela, Lourdes, Araceli, et même Barbara, ou Cathy, quand les parents étaient allés se mouiller les épaules dans le rio Grande. Rosa ne leur en voulait pas d'être comme elles étaient, elle les considérait sans commisération ni rancœur. Mais sans sympathie non plus. Elle ne pouvait pas oublier. Ses tantes le lui avaient répété sans cesse : Ne fais pas ci, ne fais pas ça. Tu es une Verduzco. Tu ne dois pas dire ça, une Verduzco ne parle pas comme cela. Ceux qu'elle regardait avec envie, après l'école, c'étaient les enfants qui couraient jouer sur le zocalo, ou qui se massaient le soir devant le petit jardin de l'église de San Francisco pour sucer des cannes à sucre et des bonbons au piment. Ceux qu'elle épiait surtout, entre les robes noires de ses tantes, c'étaient les enfants pauvres en haillons, qui galopaient à travers les rues comme des chats sauvages, la police à leurs trousses. Les enfants en maraude, les chapardeurs. « Des canailles ! disait son père. De la graine d'assassins. » Quelquefois, devant Rosa, l'un d'eux passait, tenu aux bras par des policiers, le visage noirci, le regard brillant comme un couteau, on l'emmenait on ne savait où, dans un bagne, là-bas, à Mexico, la capitale de tous les vices. C'est comme cela qu'était née en elle l'idée. Elle ne le disait à personne, mais elle y pensait sans cesse, et l'idée grandissait avec elle, devenait plus forte, plus précise. Un jour, elle aurait des enfants. Elle n'aurait pas des enfants de propriétaires et de notaires, elle n'aurait pas de futurs docteurs, pharmaciens ou marchands de fraises. Non, ce seraient eux ses enfants, ces petits maraudeurs au visage noirci, hirsutes et

malades comme des chats perdus, eux qui ne
savaient que les gros mots et les blasphèmes, qui
étaient capables de mentir, de voler, de tuer
même.

À l'âge où on est jeune fille et où on cherche
un mari, Rosa cherchait les enfants perdus.
Dans une vieille maison en contrebas de la
route, elle a recueilli dix, puis vingt, puis cin-
quante enfants. Aujourd'hui, ils sont plus de
trois cents. À chacun elle a donné une éduca-
tion, de quoi manger et s'habiller, et une place
dans cette république d'enfants. Elle leur a
appris des métiers, elle leur a montré la disci-
pline, la responsabilité. À chacun, elle a donné
un nom, ce nom de Verduzco si précieux, si
rare. Ce nom si puissant, si riche. Rosa est la
seule mère de ces centaines de gamins jetés sur
le trottoir de Mexico, de Morelia, de
Guadalajara. Ces voleurs, cette «graine d'assassins». Ces sniffeurs de ciment-colle. Capturés
par la police comme des chiens errants, et sortis
de prison pour entrer dans la «Grande
Famille». Avec eux, Rosa n'a peur de personne.
Quand l'argent manque, elle parcourt les rues
des bourgs du Bajio avec sa camionnette et elle
proclame au haut-parleur les noms de ceux qui
n'ont pas donné, ces *pendejos*, ces bourgeois
avares. Les jours de Fiestas Patrias, les parias de
Rosa défilent dans les rues, dans leurs uniformes

délavés. Est-ce que Rosa se souvient du temps où elle épiait les enfants perdus, entre les robes noires de ses tantes, est-ce qu'elle se souvient de sa détermination, de cette force qui est entrée en elle et ne l'a jamais quittée ?

ALICE

Alice est née à la fin du siècle dernier, dans une famille riche et unie. Elle a aimé ses parents comme on ne peut aimer personne davantage, sa mère si élégante et discrète, son père, maigre, intransigeant, foncièrement bon et si distrait. Quand elle était encore une enfant, il y a eu la ruine. Cela se passait à Maurice, loin des vacarmes de la première guerre mondiale, comme dans un autre monde. Les uns après les autres, les frères d'Alice sont partis. Ils sont allés étudier à Londres, à Paris. Ils ont voyagé. Ils se sont mariés au loin. Alice, elle, est restée dans l'île. Il y avait sa sœur, fragile, malade. Il y avait son père et sa mère, si doux, si menacés. Après la ruine, ils avaient trouvé refuge dans une maison agréable, du côté de Phoenix, sur une hauteur pluvieuse. Alice aimait la vie, l'esprit, la poésie. Elle était plus qu'intelligente, elle était brillante. Quand elle parle de cette jeunesse si vite passée, elle dit : «On sortait, on avait des amoureux.» Elle dit aussi : «Aller en France, c'était le rêve.» Pourtant, elle savait déjà qu'elle ne pourrait pas mener la vie de tout le monde. Elle l'avait déjà compris. Elle ne se marierait pas, elle n'aurait pas d'enfants. Elle qui avait voulu si fort s'échapper de l'île, connaître le monde, voir Paris, s'enivrer de cette fête de l'esprit qu'elle imaginait là-bas, les monuments, les musées, les jardins, la musique, elle a su tout de suite que ce ne serait qu'un rêve. La vie est un jeu d'osselets, son lot était tombé, elle ne pouvait pas ne pas le reconnaître. La vie : sa sœur, ses parents, ce monde fragile et destructible dont elle était la seule gardienne. Puisqu'elle ne pouvait pas vivre son rêve, Alice a choisi de ne pas se détourner de sa destinée, fût-ce pour un instant de bonheur. Les autres seraient heureux. Les autres auraient des maris, des enfants. Des maisons pleines de bruit et de mouvement, des fantaisies, des fêtes. Qui pouvait vouloir d'une fille pauvre et lucide, si différente ? Pour tous, Alice est devenue l'image qu'elle voulait donner d'elle-même, cette femme grande et mince, au visage énergique, au regard sombre et scrutateur, toujours vêtue de façon austère, et qui savait décocher des traits contre ses contemporains, ces hommes et ces femmes dérisoires dans leur faiblesse et dans leur quête du bonheur. Les années ont passé, sans entamer cette

cuirasse, sans altérer l'acuité du regard. Les
années de crise, l'appétit des riches prêts à sacri-
fier le monde pour sauver leur profit, la guerre,
la panique de ceux qui répétaient : «Les
Japonais arrivent! Leurs bateaux sont là!» La
misère des petits, les femmes abandonnées, les
chiens mourant de faim, avec qui Alice parta-
geait le peu qu'elle avait. Les cancéreuses
qu'elle aidait à mourir. Ses parents sont morts,
et sa sœur aimée aussi s'est éteinte, à la suite des
privations de la guerre. Ils avaient été la part la
plus douce d'Alice, sa joie, le cœur très tendre
qui était son seul secret. Autour d'Alice, les gens
se sont usés, ils sont devenus fragiles à leur tour.
C'est dans leur faiblesse qu'Alice pouvait apercevoir leur part divine. La solitude extrême est
sa force. C'est elle qui garde son corps droit et
fort, malgré les années, c'est elle qui donne toujours à ses yeux l'éclat de la vie. L'étincelle est
en elle, comme la source de cette lumière qui
lui permet de discerner la beauté surnaturelle
dans les vanités du monde, et ne se détourne
jamais de la pauvreté inguérissable de la race
humaine.

De ces trois «aventurières», nul doute que
c'est Alice qui me touche le plus.

KALIMA

Ô Kalima, quel chemin as-tu suivi jusqu'à cette journée du mois de janvier 1986, où tu gis étendue nue sur le marbre froid de la morgue, recouverte d'un drap blanc qui suit les volumes et les creux de ton corps, et cache ton visage jusqu'au front, ne laissant apparaître que tes cheveux d'un noir de jais, épais, ondulés, vivants encore, et tes pieds réguliers, aux ongles peints en vermillon, avec, attachée à ta cheville gauche par un bracelet de fil de fer, une étiquette plastifiée qui porte ton nom, ton âge, ton origine, et la date de ta mort, ce peu de mots et de chiffres que les hommes ont su de toi ?

Qui se souvenait de toi, quand tu es arrivée sur le bateau, dans le port de Marseille ? Il faisait froid, et tu portais peut-être déjà deux chandails de laine l'un par-dessus l'autre, sous l'imperméable, dans la petite pluie fine qui tombait sur les quais et les bâtiments de la douane. C'était il y a deux ans à peine, et pour toi c'était une éternité, deux années si longues qu'elles pouvaient avoir duré une vie entière, et que cette arrivée sur le quai, dans le brouillard, s'effaçait déjà, se confondait avec les premières années de ta vie, là-bas, de l'autre côté de la mer.

Cette grande ville blanche, au bord de la mer, avec le bruit des rues, le mouvement de la foule, les marchés en plein air où errent les enfants et les chèvres, les carrefours encombrés de camions, de charrettes, de taxis, l'odeur de la mangeaille, de l'huile chaude, du poisson frit, l'odeur des fruits qui pourrissent.

Alors, quelquefois tu devais t'en souvenir, dans le froid de cette route le long de la mer, avec ces autos, ces milliers d'autos qui passent devant toi, les regards furtifs des hommes, le bruit des moteurs. De temps en temps, une voiture ralentissait ; et tu la suivais du regard, puis elle tournait à droite par la rue X..., et elle repassait devant toi quelques minutes plus tard. Est-ce que toutes les villes ne sont pas les mêmes ? Elles sont des rues, des carrefours, des voitures qui avancent, des regards qui cherchent.

L'hiver, c'était dur pour toi. Tu mettais deux chandails l'un par-dessus l'autre, quelquefois trois, épais, de la vraie laine, avec des cols montants. Par-dessus tous les autres, tu avais ce pull-over de laine mohair violet-noir, avec un grand col roulé qui bâillait un peu, et qui donnait à ta

peau cette couleur ambrée et chaude, cette couleur de pain d'épice, comme disait ton ami
Bruno. Bruno est antillais. Il a la peau d'un noir
presque bleu, et ça le faisait toujours rire parce
que toi, l'Africaine, tu étais plus claire que lui, et
tes cheveux étaient ondulés, longs et épais, des
cheveux d'Indienne.

C'est à cause de ta mère qui est cambod-
gienne, tu avais dit cela à Bruno. Et avant cela, il
y avait eu, peut-être, le passage d'un Blanc, un
commerçant espagnol, ou un Portugais peut-
être. Il aimait lire en toi tout ce qu'il y avait, il
était vraiment ton ami de cœur, il aimait trouver
sur ta peau tout ce qui venait des bouts du
monde, de la Chine, du fond de l'Afrique, de
l'Europe froide aussi, dans tes yeux transparents,
dans la minceur de ton cou. Il travaillait comme
agent hospitalier. Peut-être qu'il était là, quand
tu es entrée, pour la seule et unique fois, portée
par la civière roulante, avec le sang qui avait déjà
séché sur ta poitrine, formant une plaque noire
qui avait collé les chandails les uns aux autres.
Peut-être qu'il a entendu les plaisanteries des
internes, quand ils ont défait l'une après l'autre
tes dépouilles.

Alors ce n'était plus la couleur d'ambre sur ta
peau, ce n'était plus la lumière du soleil, mais le
gris terne de la mort, et le noir du sang vieilli.

C'était la rue de ton enfance qui te revenait

en mémoire, les jours de solitude, les matins, quand tu prenais ton café dans le bar-tabac en face de l'hôtel meublé. Elle n'était pas très loin, cette rue. Elle n'était qu'à trois ou quatre ans, peut-être un de plus. Les années ont passé si vite depuis ton arrivée à Marseille, par le bateau qui venait de Tanger.

Il y a eu tout ce bruit, tout ce monde. Tous ces types qui te sont « passés sur le ventre » comme tu disais, non pas à Bruno, parce qu'il ne parlait jamais de ça, mais aux autres filles du bar du Forum, Cathy, Gisèle, Mado, Céline, Raïssa, Hélène qui est antillaise, quand vous étiez ensemble à la lumière des néons de l'hiver, à l'heure où vous buviez un café avant d'aller attendre au bord du trottoir. Tout ce bruit, ces regards, ces éclats qui jaillissaient des autos, le grondement des moteurs et le froissement des roues sur l'asphalte.

Maintenant dans le froid de la morgue, ton corps est immobile, nu, en silence, sous le drap raidi par la glace, tes yeux sont fermés si serré qu'on dirait les paupières cousues, et tu ne sais plus rien du monde, de notre monde, tu t'éloignes à l'envers, comme si tu étais emportée sur un radeau, sur un fleuve de glace, tu t'éloignes, tu t'effaces. Que restera-t-il du monde, maintenant? Quel souvenir de ce siècle, de cette ville? Cette grande route au bord de la mer, cette muraille d'immeubles impénétrables, baies vides, balcons déserts où les géraniums tremblent dans le vent, palmiers rongés par l'oxyde de carbone, par les poussières de la mer, cette plage immense aux galets réguliers où marchent les mouettes frileuses, et ces voitures, sans nom, sans nombre, serrées les unes contre les autres, semblables aux écailles d'un long serpent de métal qui n'en finit pas de glisser en vibrant.

Quel souvenir ? Cette ville blanche où tu attendais le bateau, seule, parmi les autres migrants, la traversée sur le pont, dans l'air froid de la fin de l'été, l'arrivée sous la pluie, et l'homme du poste de police qui t'interrogeait avec son regard, qui lisait tes papiers, les lettres de ta sœur qui travaillait à Marseille dans un hôtel, le visage de ta sœur, de l'autre côté de la vitre, son corps qui t'a serrée contre elle, les premiers pas dans la ville, sous la pluie, la nuit, avec déjà les éclats des phares, les klaxons. Puis le temps de découvrir ce nouveau monde, cette nouvelle vie, ton travail dans les restaurants, dans les cafés, le tourbillon de l'argent, la solitude. Alors déjà tu savais que tu étais prise, que tu ne pourrais plus t'en aller, plus retourner dans ta ville, sur la place inondée de soleil, dans les ruelles où résonnent les postes de radio, les cris des enfants, les voix éraillées des coqs. Tu te

souviens peut-être, il a neigé cet hiver-là, le premier hiver, c'était la première fois que tu tou-
chais la neige. Tu as couru dans la rue, c'était un
dimanche, tu es sortie du petit appartement de
la rue du Génie, et tu as couru vers les casernes,
tu es passée sous le pont du chemin de fer, et tu
es allée jusqu'à la manufacture des Tabacs, pour
voir les flocons tourbillonner dans la lumière
des réverbères. Tu avais si froid, tu avais enfilé
plusieurs pulls les uns par-dessus les autres, et tu
courais dans la rue déserte, pour sentir les
piqûres des flocons sur tes joues, sur tes paupières. C'était la première fois.

Plus jamais tu n'as ressenti cela : être jeune,
libre, découvrir la neige, être ivre de cette chose
si simple, si naturelle. Puis ta sœur est partie,
elle a disparu un jour, sans laisser un mot, sans
laisser d'adresse, elle a mis ses affaires dans une
valise et elle est partie de chez elle, et tu es devenue seule au monde, mais déjà tu ne pouvais
plus retourner, tu ne pouvais plus t'échapper.
Quand tu as commencé à sortir avec les
hommes, au bar, dans le quartier de la gare,
c'était déjà arrêté et écrit, c'était impossible à
changer. Les macs t'ont prise, ils t'ont battue, ils
t'ont violée et battue dans une chambre d'hôtel,
ils ont écrasé leurs bouts de cigarettes sur ton
ventre et sur tes seins, cela a fait des marques
indélébiles, comme des fleurs brûlées sur ta

peau d'ambre, des marques indélébiles dans ton cœur.

Après cela, plus rien n'a compté, plus rien n'a changé, seulement les noms de rues, les noms des bars, les chambres des hôtels, c'était déjà la fin de l'hiver. Quand la chaleur est revenue, peut-être que tu as pensé plus souvent comment c'était, là-bas, dans ta ville blanche, les bruits et les cris sur la place où passait le vent brûlant du désert, l'appel du muezzin dans la lumière dorée du soir, les enfants qui couraient dans le dédale des ruelles, les oiseaux, les guêpes autour des fontaines. Peut-être que cela venait dans le vent de la mer qui soufflait sur le vieux pont, et tu sentais comme un frisson de fièvre, qui troublait l'épaisseur de ta vie, qui frôlait ta peau maintenant si dure, anesthésiée. Est-ce pour fuir cela que tu as quitté cette ville et que tu es allée au nord, dans ces villes enfumées, lointaines, étrangères, ces villes géantes où sont par milliers tes semblables, les filles perdues, les enfants dévoyés, les gens venus de partout et n'allant nulle part, est-ce pour ne plus entendre rien de ta place, de ta rue de poussière où tu étais née, où tu avais couru avec tes frères et tes sœurs, pour ne plus sentir ce frisson, ce frôlement ? Mais ce sont eux qui t'ont prise, les types qui t'ont battue, violée et vendue dans les chambres d'hôtel, ce sont eux qui t'ont emmenée à l'autre bout du monde, à Londres, à Hambourg, à Munich. Chaque jour, chaque nuit, à chaque heure, tu étais dans la rue. Il faisait très chaud, la foule titubait le long des trottoirs, se serrait autour des filles. La nuit, les néons brûlaient leurs visages. Des hommes venaient, sans parler, ils montaient derrière toi, ils s'enfonçaient en toi comme dans une chair morte, puis ils repartaient sans rien dire, et l'argent restait. Combien d'hommes t'ont connue, ô Kalima ? Mais ces milliers de fois, tu n'étais pas là, tu étais ailleurs, tu ne rêvais pas, tu étais dans un autre corps. Peut-être que tu étais retournée là-bas, quelquefois, dans ta rue de poussière et de lumière, dans l'étroite maison de planches où le toit de tôle ondulée brûlait sous le soleil comme la plaque d'un four, ou près de la fontaine où les filles aux jambes maigres se déhanchaient en écoutant le bruit de l'eau dans les seaux de plastique. Peutêtre...

Les années s'éloignent, se défont. Ce n'est plus toi qui t'en vas sur ce bateau, à travers la Méditerranée, vers le port de Marseille. C'est ta ville natale, ton quartier, tes amies, tes frères, ta mère, qui sont sur le pont d'un immense navire blanc et poussiéreux qui s'éloigne vers l'horizon brumeux, qui passe de l'autre côté du monde. Ils s'en vont, ils emportent ta naissance, ton nom et ton enfance, les secrets, les rires, les chansons qui grésillent sur les postes de radio, l'odeur du café et de la coriandre, l'odeur des marchés et des chèvres, l'odeur de la vie. Ils s'en vont, ils te quittent. Tu as su cela, un jour. Tu as découvert que tu étais seule, tu n'as pas compris pourquoi. Tu as compris que tu n'avais plus de ville ni de pays, juste des papiers, des permis de séjour, des cartes, des quittances de loyer, cela seulement. Peut-être que c'était comme si tu n'étais jamais née, comme si tu n'avais jamais eu d'enfance ni de quartier, seulement des rêves. Peut-être que c'était comme si tu étais née une nuit, par hasard, dans l'appartement de la rue du Génie, une nuit d'hiver quand la neige tourbillonnait autour des réverbères, du côté des bâtiments de la manufacture des Tabacs.

Puis tu t'es enfuie, tu es venue dans cette ville. Tu es venue ici parce que c'était le bout du monde, le terminus, la ville la plus perdue dans la mer. Les filles de Marseille, de Lyon, de Caulincourt, Paris, disaient toutes qu'elles iraient là un jour, qu'elles se sauveraient et qu'elles iraient sur la côte, et qu'elles auraient une autre vie. Toi aussi tu disais cela, mais quand tu t'es sauvée, tu n'as pas réfléchi à tout cela. Tu n'as pas pensé que ça allait changer ta vie. Instinctivement, tu as voulu aller vers la mer, tu as voulu être le plus près possible de la mer, comme si tu pensais que ce bateau qui t'avait amenée de Tanger à Marseille allait revenir, exactement le même, et tu pourrais faire le voyage à l'envers, remonter le temps presque à l'horizon et retrouver ce que tu avais perdu. Peut-être croyais-tu cela ? Peut-être que tu as pris le train du nord au sud, simplement parce qu'il n'y en avait pas d'autres ?

Dans cette ville, il y avait les mêmes voitures qui rôdaient, les mêmes regards quand tu étais debout, entre deux pare-chocs, avec le vent qui soufflait sur ton visage. Il faisait froid, et les cinq pull-overs que tu avais mis les uns par-dessus les autres faisaient paraître ta poitrine énorme, invraisemblable. Les mains des hommes se glissaient sous cette fourrure, dans les autos où les dossiers étaient basculés. Même dans la chambre de l'hôtel AAA, tu n'enlevais pas les pull-overs. Ce qui te faisait peur, c'était le froid, le froid du vent au-dehors, mais surtout le froid qui entre dans les poumons et qui creuse une caverne, qui ronge et arrache. C'était il y a longtemps, quand tu venais d'arriver. Un soir le vent soufflait sur le grand boulevard, au carrefour de la rue Réaumur. Dans la nuit, le vent avait commencé à entrer en toi, dans la chambre de l'hôtel, et tu n'avais plus pu marcher. Tu entendais le bruit de l'air dans tes poumons, comme un bruit de sable sur une plage. Tu entendais le bruit du feu et du froid dans ton corps. Cela avait duré des jours, et tu avais failli mourir une nuit, toute seule dans la chambre. Tu sentais la vie s'en aller. Tu avais frappé contre le mur, de toutes tes forces, sans crier parce que déjà tu ne pouvais plus parler ni crier. La voisine avait fini par venir, et on t'avait emmenée à l'hôpital, une grande salle blanche. C'est là que tu avais décidé de partir. Dans cette grande chambre pleine de lits, avec des femmes pâles qui attendaient les gens qui apportaient des fleurs, des journaux. C'était Bruno qui apportait les médicaments sur un chariot roulant, qui emportait le linge, les assiettes. Avec lui, tu as parlé de partir. Il ne savait pas ce que tu faisais, au début. Tu ne voulais pas le lui dire, tu faisais comme si tu étais employée quelque part, dans un hôpital, à la Salpêtrière, par exemple. Quand il l'a su, il t'a battue, mais il n'est pas parti. Il venait te voir à l'hôtel, ou c'est toi qui allais chez lui, quelquefois, le soir. Et puis un jour tu es partie avec lui, tous les deux dans le train, jusqu'à cette ville du bout du monde. Comme si tout allait être changé, et que tu pouvais retrouver les souvenirs de ta ville, de la fontaine, la maison où ta mère cuisait le poisson et le riz. Mais ça n'a pas changé. Simplement, ici, quand tu rentrais chez toi, dans l'immeuble neuf sur la route de l'aéroport, Bruno t'attendait. Il écoutait la musique de son île, sur une bande magnétique. Il avait un copain boxeur qui venait avec sa petite amie qui s'appelait Josèphe. Personne ne te battait plus, personne ne prenait de l'argent dans ton sac. Toi, tu étais plus près de la mer. Tu ne la regardais pas, parce que le matin rien n'était beau, et que le soir, il n'y avait rien d'autre que le serpent de métal des voitures qui frôlait ton visage.

C'était le premier hiver de liberté, peut-être. Tu pensais à ce qui allait changer, tandis que tu michetonnais sur la grande avenue où soufflait le vent, un endroit, un asile, loin du bruit, loin des routes. Non pas ta ville, parce qu'elle avait disparu pour toujours. Un endroit, simplement, un appartement vraiment à toi, où tu pourrais dormir. Personne ne verrait plus ton visage. Tu n'attendrais plus rien, tu n'aurais plus besoin de personne. Bruno, peut-être ? Mais les hommes ne sont que des passants, et tu savais qu'il partirait, qu'il irait chez lui un jour, de l'autre côté de l'océan, au pays de sa musique. Tu avais pensé, quand même. Tu avais rêvé. Là-bas, une maison, un jardin, les voix des enfants, la lumière qui scintille sur les vagues de la mer, l'odeur des fruits, des poissons frétillant dans l'huile chaude. Jamais tu n'aurais osé lui dire cela. Quand le boxeur venait, et qu'ils parlaient ensemble dans leur drôle de langue, tu savais bien que ça n'était pas possible, que jamais tu n'irais là-bas avec Bruno. Un jour, tu pleurais dans la chambre, tu avais bu du vin et tu pleurais. Il t'a regardée, il a dit : « Qu'est-ce qui te prend ? Tu es folle ? » Jamais tu n'aurais pu dire que tu voulais partir avec lui, aller là-bas. Les filles des rues n'ont pas d'avenir. Cela tu ne le savais pas vraiment. Le grand bateau qui était parti en arrière en emportant tout avec lui, la place de ta ville avec les enfants qui courent en criant, les odeurs, les musiques, tous les gens aux regards lisibles, ce bateau n'avait pas seulement enlevé ta naissance et ton passé, Kalima. Il avait pris aussi ton avenir.

Sur cette terrible avenue où souffle le vent froid de l'hiver, les autos viennent, s'en vont. Les heures n'ont plus de réalité. Qu'est-ce une heure, quand on fait l'amour avec un homme qu'on n'aime pas, pour prendre son argent ? Un soir, l'un d'eux portait ta destinée. Peut-être qu'il est venu à pied. Ou bien il est descendu d'auto, pendant qu'un autre l'attendait. Il a marché vers toi, sans se presser. Tu n'as pas vu son visage à cause de la lumière des réverbères qui était derrière lui. Un homme. Il est venu vers toi, comme s'il voulait t'emmener, comme s'il était un client. Tu lui as sans doute parlé, ou bien tu t'es seulement tournée vers lui, avec ton buste gonflé qui débordait entre les voitures arrêtées. Il t'a frappée de bas en haut, d'un coup violent, et à cause des épaisseurs de laine des cinq pull-overs, le couteau n'est pas entré profondément dans ta poitrine, et tu as crié. Les autos continuaient à passer derrière toi, le long serpent de métal aveugle et sans pensée. Encore, et encore, l'homme t'a frappée, avec tellement de force que ton corps s'est plié en deux, et la troisième fois le couteau a traversé les cinq pull-overs et a cloué ton cœur. C'est la police qui est venue ensuite, et l'ambulance qui t'a emmenée vers l'hôpital, mais alors tu ne vivais plus, tu avais quitté ton corps et ton buste où les pull-overs inutiles étaient trempés de ton sang. Maintenant, cette ville, et ces avenues, et ce monde tout entier n'ont plus besoin de toi, ô Kalima. Tu t'es éloignée, et tu laisses tout ce monde dans son ordre, dans sa machination, ce monde où les places continuent à bruire, avec les fontaines et les filles, et les cris des coqs et les aboiements des chiens, et la poussière qui sans cesse monte et retombe, monte et se repose. Mais toi tu n'y es plus.

VENT DU SUD

Je ne me souviens plus très bien du jour où j'ai rencontré Maramu pour la première fois. J'étais à peine sorti de l'enfance, et elle, elle était déjà une femme. Elle s'appelait Jehanne, mais on l'appelait par son nom maohi, Maramu, Vent du sud. À cette époque mon père et moi nous habitions dans cette maison au bord de la mer, à Punaauia. Il était médecin à l'hôpital Mamao. Mon père s'était séparé de ma mère quand j'avais six ou sept ans. Le souvenir que j'ai, c'est son rire, sa voix un peu chantante. C'était à cause d'elle que mon père était venu s'installer ici, puis elle l'avait quitté pour suivre un Américain à Los Angeles. Mon père disait qu'elle était partie parce qu'il avait cessé de l'amuser. Il avait enlevé tout ce qui pouvait lui rappeler ma mère, les lettres, les photos, même les bibelots qu'elle avait achetés. Un jour pourtant j'ai trouvé une vieille photo, qui datait des premiers temps de leur mariage. Ils étaient sur le pont d'un ferry, avec des gens autour. Elle paraissait très petite et frêle à côté de lui, avec un visage d'Asiatique et des cheveux cuivrés. J'ai gardé la photo dans ma chambre, dans la boîte secrète où je rangeais les choses importantes. Puis j'ai fini par l'oublier.

Maramu était l'être le plus étrange que j'aie jamais rencontré. Elle entrait à chaque instant dans notre maison, pareille à une déesse à peau sombre, avec un visage enfantin, des yeux très doux et écartés, et quand sa vue se fatiguait elle avait l'œil gauche qui tournait et ça lui donnait une expression un peu perdue. Elle avait surtout une chevelure magnifique, ondulée et très noire, qui l'enveloppait et tombait jusqu'à ses reins en une parure sauvage.

Elle allait toujours pieds nus, vêtue seulement d'un paréo qu'elle nouait sur sa poitrine. Elle entrait dans la maison par la plage, sans faire de bruit, avec l'insouciance dédaigneuse des gens qui ne possèdent rien. Mon père m'avait raconté un jour qu'elle était de la lignée de Ta'aroa et de Temeharo, des princesses de Raiatea, des princesses sans terre. Elle m'avait donné un nom maohi, elle m'appelait «Tupa», je ne sais plus pourquoi, peut-être à cause de mes coups de soleil, ou parce que je marchais un peu de travers comme les crabes de terre. Elle m'embrassait. Elle venait voir mon père pour qu'il lui donne des médicaments pour son fils. J'étais étonné de penser qu'elle avait déjà vécu tant d'expériences, nous avions presque le même âge et elle avait connu tout ça, l'amour, la maternité, la vie. Je n'avais jamais vu son fils. Il était l'enfant d'un Américain nommé Sumner, c'étaient les parents de Maramu qui l'élevaient à Raiatea. Il s'appelait Johnny. Il paraît qu'à présent il travaille dans un hôtel, à Hawaii. Le temps a passé.

Je me souviens, elle entrait dans la maison, elle prenait les médicaments pour son fils, comme si c'étaient des bonbons, sans écouter ce que mon père lui disait. J'étais amoureux d'elle, de ses yeux, de ses cheveux, de sa démarche silencieuse, ses pieds endurcis bien à plat sur le ciment du sol. Elle me parlait, elle disait «tu» à tout le monde, les conventions des Français l'ennuyaient. Je me souviens de la façon qu'elle avait de s'asseoir par terre, en tailleur avec son pied gauche appuyé sur sa cuisse. Mon père disait que c'était comme cela que s'asseyaient les anciens Khmers, les anciens Mayas. Une main posée sur la cuisse, l'autre ouverte paume vers le ciel, pour raconter des histoires.

Elle me parlait de choses extraordinaires, qu'elle avait lues dans des livres, peut-être, ou bien qu'elle avait inventées, sur ses ancêtres qui étaient des poissons de la mer, ou sur les grands arbres qui poussent au pied des volcans, et dont les racines sont des tactiles, vibrant de tout ce qui se dit dans le monde.

Les matins, quand je n'allais pas au lycée, elle m'emmenait sur le récif. Nous marchions très lentement, comme si nous cherchions quelque chose, sur le tapis très doux et vivant, et la vague déferlait contre nous, jetait son écume dans nos yeux. Puis nous rentrions dans la maison fraîche. Mon père avait apporté des fruits. Je me souviens bien que Maramu chantait, il y avait la lumière chaude de l'après-midi, on avait l'impression que tout cela devait durer éternellement.

Quand le soleil était descendu, Maramu allait se baigner dans le lagon. Elle restait assise dans l'eau sans bouger. La façon dont mon père nageait la faisait rire. Elle savait plonger, lentement en dressant la plante très claire de ses pieds vers le ciel. Après, elle retournait vers la maison, elle se rinçait au jet avec pudeur, sans quitter son paréo. Elle avait des jambes musclées, le dos épais, des seins très petits et légers. Son corps brillait d'huile. Elle secouait sa chevelure immense en envoyant une gerbe d'étincelles.

Avec Maramu, tout était simple. Je ne m'étonnais de rien. Je crois que j'ai su tout de suite qu'elle était la maîtresse de mon père.

Quelquefois elle restait dans la maison pour la nuit, elle dormait par terre dans la grande chambre, elle disait qu'elle avait trop chaud dans un lit. Mon père s'appelait André, mais elle l'appelait Bob, je ne sais pas pourquoi, peut-être à cause de son petit chapeau quand il allait à la pêche, les fins de semaine. Elle ne parlait jamais de lui, et lui ne savait presque rien d'elle. Elle était un oiseau de passage.

Et puis un jour, tout a changé. Elle a cessé de venir chez nous, et jour après jour, je l'attendais. Je guettais le bruit léger de ses pieds nus sur le ciment, je croyais voir sa silhouette au loin, debout sur la barrière des récifs, un mirage.

Je comprenais qu'il se passait quelque chose, mais je ne savais quoi. Mon père était absent, nerveux, il rentrait tard. Un jour, il m'a parlé de la France, il a dit qu'on allait rentrer, que j'irais dans un établissement à Lyon, après les vacances. Il avait trouvé du travail là-bas, dans une clinique.

Maramu est revenue. C'était la fin des vacances, j'étais tout seul dans la maison. Elle est entrée sans bruit, selon son habitude. Elle s'est assise sur la terrasse pour regarder la mer. Elle avait l'air égaré, ses cheveux étaient emmêlés. Peut-être qu'elle était ivre. Elle portait une robe très verte. Elle avait mis du rouge sur ses lèvres, sa bouche paraissait immense, une blessure.

Elle m'a parlé comme si on s'était quittés le matin. Elle serrait très fort ma main, elle appuyait sa tête contre mon épaule. Je sentais l'odeur de l'huile de coprah sur sa peau, une odeur de soleil dans la nuit qui arrivait. Il y avait des nuages incroyables au-dessus de l'horizon, du côté de Moorea.

«Tupa, pourquoi la mer me donne envie de pleurer?»

J'ai parlé d'aller se baigner. J'avais peur qu'elle ne dise quelque chose de terrible, qu'on n'allait plus se revoir. Maramu a marché avec moi dans le sable. Elle fumait. Le crépuscule éteignait la mer, il y avait des oiseaux lugubres. Elle a dit :

«Viens, on va aller s'amuser.»

J'ai écrit un mot pour mon père, je l'ai laissé sur la table de la salle à manger. Je suis parti sans fermer les portes.

Sur la route, une voiture attendait. Le chauffeur était un Chinois, Monsieur Wong, et à l'arrière il y avait un «demi» avec une petite guitare. Il connaissait Maramu. J'ai entendu qu'elle l'appelait Tomy. Elle s'est assise à côté de lui. C'était un homme très brun, maigre, avec des mains fines. Il avait un pantalon gris anthracite, une chemise à carreaux au col repassé. Je ne comprenais pas qui il était, ni pourquoi Maramu avait voulu que je vienne.

Tomy jouait de la guitare en sourdine, du jazz, un air de Billie Holiday. Il faisait chaud, la voiture roulait vite. Maramu s'est mise à chanter, pour accompagner Tomy, puis elle a commencé des airs maohis, des *ute*. Sa voix n'était plus rauque, elle devenait fine comme une fumée. J'avais honte de ne pas savoir chanter, il me semblait que toutes les craintes et tous les maux s'en allaient dans cette musique. Maramu avait glissé les bretelles de sa robe sous ses bras, son visage était incliné, sa chevelure épaisse la cachait à moitié. Tomy la regardait.

La nuit était tombée, on roulait toujours, on traversait des agglomérations. Les phares faisaient des éclairs dans la nuit. On roulait sur une route en corniche, la mer était un grand vide noir, sur la gauche. Du côté de la pointe Vénus, au bout d'un chemin défoncé, encombré d'autos en stationnement, il y avait un bar. C'était un hangar de tôle éclairé par des barres de néon. Un orchestre jouait à tue-tête une musique douce, *All kinds of everything* de Dana. Je m'en souviens parce que c'est une chanson que j'ai toujours aimée. Il faisait chaud. On s'est assis à une table, on a commandé des bières Hinano, et Maramu une bouteille de vin rouge.

Il y avait beaucoup de bruit, j'avais la tête qui tournait. Il y avait des gens bizarres, des légionnaires, des filles peinturlurées. C'était la pre-

mière fois que j'allais dans un endroit de ce
genre. J'ai dansé avec Maramu. On se cognait
aux autres danseurs, aux chaises. Maramu m'entraînait, c'était une valse, un paso-doble, une
danse d'autrefois. Elle riait, sa chevelure pivotait
autour d'elle. Je sentais l'odeur de sa sueur, le
creux de ses reins sous mes doigts. À la table,
Tomy continuait de boire, le visage impassible.
À cause de la fatigue, ses yeux s'étaient creusés,
ça lui faisait un masque de mort. Maramu aussi
avait l'air fatigué. Elle s'était assise de côté, les
deux bras appuyés sur la table. J'ai vu qu'elle
avait deux rides de chaque côté de la bouche, et
une marque en forme d'étoile entre les sourcils.
Le chauffeur était sorti du bar. Il avait trop
chaud, il s'ennuyait.

Puis une bagarre a éclaté, juste à côté de notre
table, à cause d'un soldat ivre. Maramu avait très
peur. Elle a supplié Tomy de partir. Elle marchait pieds nus sur la route, sa robe verte brillait
dans la nuit comme un feu Saint-Elme.

Je me suis arrêté au bord du fossé pour vomir.
Maramu m'a installé sur la banquette arrière,
très tendrement, avec des gestes presque mater-
nels. Elle passait ses mains douces sur mon
visage. Ses doigts sentaient le tabac.

«Pauvre Tupa, tu ne supportes pas! Moi je suis
habituée, je fais ça depuis que je suis toute
petite.»

Monsieur Wong conduisait lentement, pour que je puisse dormir. On s'est arrêtés au bord de la mer, du côté de Pirae, Maramu voulait se baigner. Le vent soufflait à peine, la mer était noire, c'était doux. Les deux hommes sont restés assis en haut de la plage. Tomy jouait de la guitare. Je voyais la braise de sa cigarette qui rougeoyait par instants. Je suis entré tout nu dans la mer, j'ai nagé sans voir où j'allais. Il n'y avait plus de temps, plus d'espace. Quand je suis sorti de l'eau, Maramu s'est assise à côté de moi dans le sable.

« Est-ce que tu vas te marier avec lui ? » ai-je demandé.

Elle s'est mise à rire.

« Tomy ? »

Elle a dit :

« Il est gentil, il est riche, il a un hôtel à Hawaii. Demain je serai vieille, Tupa. Je vais aller là-bas, il sera mon *tané*, je n'en aurai pas d'autre.

— Si tu pars, Maramu, peut-être que j'en mourrai. »

J'ai dit ça pour la faire rire, mais ça ne l'a pas fait rire.

« Peut-être que je vais aller en France aussi. Bob voudrait que j'aille avec lui là-bas, à Lyon. C'est si loin, c'est moi qui en mourrai. »

On est restés sur la plage, au bord de l'eau.

Maramu m'a fait tâter la plante de ses pieds, couverte de corne.

«Tu crois que je pourrai marcher avec des chaussures là-bas?

— Tu mettras des baskets.

— J'irai pieds nus, il faudra bien qu'ils s'habituent.»

J'essayais de rire, de plaisanter, mais tout d'un coup j'avais très mal au milieu du corps, du côté de l'estomac, un peu à droite. J'étais appuyé sur le coude, et je sentais mon corps trembler. Maramu s'en est aperçue. «Tu as froid?» Elle m'a serré contre elle pour me donner sa chaleur. Je ne sais pas pourquoi, j'ai pensé à ma mère. Je voulais qu'elle m'en parle, et elle a deviné. Maramu était comme cela, elle savait des choses. Elle a dit :

«Elle s'appelait Tania, je me souviens, j'avais douze ans. Elle était très belle, il l'avait trouvée à Bali, c'est ce qu'on racontait. Je la voyais quelquefois sur le bateau, avec ton père et toi. Tu étais un joli garçon, je crois que j'étais amoureuse de toi. Tu avais des cheveux de la même couleur que ceux de Tania. Quand elle est partie, Bob était très triste. Mais elle ne pouvait plus supporter. On a cru longtemps qu'elle reviendrait, parce que Bob était tout seul avec toi, à Punaauia. Peut-être que s'il va en France, là-bas, dans cette ville très loin, à Lyon, Tania reviendra vivre avec vous.»

Le ciel était clair, rempli d'étoiles. Je me souvenais des histoires que Maramu me racontait, sur la terrasse de la maison, en regardant les étoiles, le fameux nuage de Magellan, et les deux ailes du grand oiseau, qu'on appelle la Croix du Sud. Il y avait le bruit des vagues sur les récifs. Le jour est venu, Monsieur Wong a dit qu'il fallait partir. Maramu est allée parler avec Tomy, ils se sont un peu querellés, j'entendais les éclats de voix. Je ne comprenais pas ce qu'ils disaient. Puis Tomy et Monsieur Wong sont partis. J'ai entendu le bruit de la voiture qui s'éloignait sur la route de la pointe Vénus. Maramu est revenue près de moi. Elle a entouré mes épaules avec son bras. Je sentais son odeur, l'émanation de sa chevelure surnaturelle.

Elle était unie à l'aube. C'était merveilleux et terrible parce que je venais de comprendre que c'était la dernière fois. Elle parlait à voix basse, tout près de mon oreille, comme une chanson :

« Toutes les coquilles, Tupa, le monde est une coquille, le ciel est une coquille plus grande encore. Les hommes sont des coquilles, et le ventre des femmes est la coquille qui contient tous les hommes. »

Elle parlait des pirogues aussi, des feuilles qui sont les doigts des arbres, et des pierres qui ont poussé leurs racines sous la terre. Elle disait cela comme si elle me laissait son savoir, puisque je ne devais plus la revoir. Quand la lumière de l'aube est venue, je me suis rendu compte que j'avais dormi. Sur le sable il y avait la marque de Maramu. J'ai cru qu'elle était partie avec les autres pendant que je dormais, j'ai ressenti une angoisse très grande. J'ai appelé : «Mara-amu!»

Elle est sortie de derrière les buissons, où elle s'était accroupie pour uriner. Moi je grelottais, j'avais de la fièvre. Le soleil est apparu du côté des montagnes. Il y avait des nuages en forme d'enclume sur l'horizon, dans la direction de Raiatea. Maramu brillait dans sa robe verte. Son visage sombre était lisse, son regard impénétrable. Lentement, elle a peigné sa chevelure en arrière, elle a construit un chignon dans lequel elle a fixé un grand peigne de gitane. En marchant vers la route, j'ai vu que la voiture de Monsieur Wong attendait. À l'arrière, Tomy fumait une cigarette. À cause de la lumière du matin, tout paraissait froid et délavé.

«Je vais prendre le ferry pour Raiatea.» Maramu a dit ça doucement. C'était sa décision. Personne ne pouvait la changer.

Nous avons roulé vers le port. Tomy ne disait rien, il ne jouait plus de la guitare. Il semblait très fatigué, lui aussi, peut-être qu'il était déprimé. Sur le port, Maramu est allée chercher ses affaires dans un hôtel chinois, près de l'embarcadère du ferry. Je suis sorti de la voiture et

je l'ai attendue à l'ombre des arbres. Quand elle
est revenue, elle avait changé d'habits. Elle avait
un pantalon et une chemise d'homme, et des
chaussures à talons qui lui faisaient très mal aux
pieds. Elle m'a embrassé.

«Au revoir. Peut-être qu'on se retrouvera, un
de ces jours.»

J'ai dit : «Au revoir.» J'avais la gorge serrée,
j'avais mal au cœur. Monsieur Wong était resté
dans la voiture, il ne regardait pas. Sûrement
tout ça lui était bien égal, ces gens qui viennent,
ces gens qui s'en vont. Mais moi je pensais que
je ne reverrais plus Maramu, que je n'entendrais
plus sa voix claire quand elle chantait les *ute*. Je
ne sentirais plus l'odeur de l'encens sur sa peau.
C'était pourquoi la lumière de ce matin-là était
sans force.

Tomy est descendu de la voiture. Il m'a
regardé, mais il n'a rien dit. Il avait une petite
valise noire à la main. Ensemble, avec Maramu,
ils se sont éloignés vers le ferry. Je suis remonté
dans la voiture, et Monsieur Wong m'a conduit
jusqu'à Punaauia. Il n'a pas voulu que je le paie.
Je pense que c'est Tomy qui le lui avait
demandé.

Quand je suis arrivé chez nous, mon père ne
m'a rien dit, rien demandé. Jamais on n'a parlé
de cette nuit que j'avais passée dehors. Jamais
plus il n'a dit le nom de Maramu.

Après, nous sommes retournés en France, dans cette ville de Lyon où l'hiver dure plus longtemps qu'une saison, où on n'entend jamais la mer, et où ne souffle pas le vent du sud. Tania est revenue vivre avec mon père. Je crois que c'est ce que Maramu voulait. De Maramu je ne sais plus grand-chose. Quelqu'un m'a dit qu'elle s'était mariée avec Tomy, et qu'elle avait fait le tour du monde. Le temps a passé. Vous dites des choses, vous avez mal et vous pensez que vous pouvez en mourir, et quelques années plus tard ce n'est plus qu'un souvenir.

TRÉSOR

C'était au temps où on n'égorgeait pas les chevaux lorsqu'ils étaient devenus trop vieux pour servir, mais on les laissait partir dans les montagnes, pour qu'ils rencontrent la mort dans l'ivresse de la liberté. C'est cela que son père racontait. Samaweyn se souvenait de sa voix, quand il racontait le temps ancien, le temps où les esprits habitaient encore avec les hommes dans Pétra, auprès des sources, quand ils commandaient aux vents et aux orages, et qu'ils gardaient le secret des tombeaux.

Alors les cinq familles du peuple bédouin avaient un pacte avec eux, et les esprits les avaient installées dans leur ville, au centre de la vallée. Les enfants menaient les troupeaux paître sur les pentes des montagnes, les hommes récoltaient le blé tendre qui pousse naturellement dans la plaine, devant Al-Bayda. Des sources jaillissaient librement, les femmes allaient y puiser une eau pure et intarissable. Les vieilles femmes allumaient les feux dans les tombes creusées dans la falaise, et toute la vallée, le soir venu, se remplissait des fumées des gens du peuple.

Le père de Samaweyn disait aussi l'interdiction, car nul en ce temps-là ne devait chercher à connaître le secret du passé. Nul ne devait laisser les étrangers s'approcher du Trésor, car les esprits sont jaloux et pleins de colère. Si le malheur voulait qu'un étranger pénétrât dans leur ville et cherchât à s'approprier leur bien, les esprits se vengeraient, et le peuple bédouin serait chassé à jamais de Pétra.

Ainsi parlait le père de Samaweyn, et tout s'était accompli comme il l'avait dit. Maintenant Samaweyn était seul au monde, car son père était parti de l'autre côté de la mer, pour ne pas revenir. Les cinq familles bedouls avaient été chassées loin de la ville des esprits, et pour elles le gouvernement avait construit un village de maisons en ciment, toutes pareilles. Alors les enfants erraient dans les ruines, ils lisaient avec leurs mains les dessins que les génies avaient laissés sur les pierres, sur les tessons, ils regardaient la danse invisible qui soulevait les nuages de poussière dans les cours des palais morts.

Samaweyn a ouvert la valise noire. C'est la valise que son père avait emportée de l'autre côté de la mer. C'est une belle valise avec des ferrures solides, et une serrure avec quatre petites roues chiffrées qui ne commandent l'ouverture qu'en échange d'un secret. Samaweyn est le seul à connaître le secret. Les autres habitants de la maison, son oncle maternel, ses cousins, ignorent le secret. Ils ignorent également ce que contient la valise. Des bijoux, de l'or, des billets de banque, peut-être? C'est ce qu'ils croient. Et Samaweyn est content qu'ils puissent croire cela. Quand il a envie d'ouvrir la valise, il sort de la maison de son oncle et il marche dans la plaine, le plus loin possible. Il va jusqu'à un promontoire d'où on voit très bien la vallée calcinée des esprits. C'est là qu'il venait avec son père, il y a très longtemps, pour entendre parler des esprits. Il se souvient du son de sa voix, de sa main sur son épaule. Tout a disparu, les mots et

le souffle, la force de la main de son père et la
couleur de ses yeux. Il n'est resté que le paysage
calciné, et cette valise qui est arrivée un jour,
depuis l'autre côté de la mer. C'est pour cela
que Samaweyn a pris l'habitude de venir ici,
pour se souvenir.

Ses cousins sont penchés, ils guettent du haut
du mur de parpaings qui encercle le village
bedoul. Ils ne savent rien. Ils ignorent tout du
trésor. Alors, par dépit, ils jettent des pierres, ils
sifflent comme l'aigle. Mais ils n'osent pas s'approcher de Samaweyn. Ils savent que c'est
comme le secret des génies, celui qui le viole
s'enferme dans un cercle invisible qui le rend
fou, jusqu'à marcher sur sa propre ombre.

Samaweyn a fait tourner les petites roues qui
libèrent la serrure, il a ouvert lentement le couvercle de la valise. Il ouvre toujours lentement, à
cause du vent sournois qui peut s'engouffrer et
éparpiller le contenu de la valise.

Au fond de la valise, il y a des papiers attachés
par une ficelle, des photos, des lettres. C'est cela
le trésor, rien que des papiers et des photos.
Mais Samaweyn est heureux chaque fois qu'il
soulève le couvercle, ses yeux brillent et son
visage s'éclaire, et c'est pour cela que les autres
imaginent l'or et l'argent, ou les liasses de dol-
lars.

Dans la maison de son oncle maternel,

Samaweyn n'a jamais ouvert la valise. Il la met par terre, contre le lit, avec un oreiller par-dessus, comme un siège. Un jour, il a surpris Ali qui essayait de l'ouvrir. Il tournait les roues, en marquant un chiffre après l'autre. Il n'a pas entendu Samaweyn arriver. Samaweyn lui a sauté à la gorge, et ils se sont battus. Ali était le plus fort, il a renversé Samaweyn et il a voulu l'étrangler. Il serrait sa gorge, sur la pomme d'Adam, et Samaweyn commençait à suffoquer quand son oncle maternel est entré dans la pièce. Il a pris un bâton qui sert à guider les chameaux, et il a frappé son fils Ali, et il a frappé Samaweyn aussi, mais seulement aux jambes. Il était hors de lui, il les a insultés, il les a traités de mendiants, de bons à rien. Par la suite, Ali n'a jamais plus essayé d'ouvrir la valise noire. Peut-être que s'il l'avait demandé, Samaweyn lui aurait montré le trésor des lettres et des photos jaunies, surtout celle où on le voit encore bébé dans les bras de celle qu'il appelle sa mère, l'étrangère blonde venue de l'autre côté de la mer et qui a emmené son père avec elle.

Il sait bien que l'étrangère n'est pas sa mère, sa vraie mère est morte en le mettant au monde. Mais c'est elle qu'il a choisie, depuis qu'il connaît le contenu de la valise.

Samaweyn regarde les photos qui bougent dans le vent. Il lit avec application les mots en

anglais qui sont marqués derrière la photo. *Love,*
Sara. Personne d'autre que lui ne connaît ces
mots. Ils sont lourds, ils pèsent sur ses paupières,
ils font battre trop vite son cœur. En dessous de
lui, la vallée calcinée est solitaire, il n'y a plus de
fumées, même les oiseaux se sont tus. Peut-être
que c'est pour cela que son père est parti, un
secret est parfois trop lourd à porter.

Eldjy, hiver 1990

Ainsi, moi, John Burckhardt, je pénètre à nouveau dans le mystère du temps. Après tant de fatigues, tant d'atermoiements, je m'approche de cette muraille, j'entre dans le passage du Syk (ainsi l'appelait le voyageur, dans son journal). Dans la lumière pâle de la première aube, les montagnes semblaient encore plus étrangères, elles avaient quelque chose de maléfique, de surnaturel. J'avais refusé les guides, pour entrer seul dans la cité des morts. Tout était désert alentour. Le village, les abords des hôtels, même la grotte où autrefois on louait les chevaux. La vie s'était retirée de cette vallée, les regards étaient tournés vers ailleurs. Alors j'étais revenu à ce mois d'août 1812 où tout avait commencé, quand le voyageur dont je porte le nom marchait sur ce même sentier, descendait vers la muraille brûlée où s'ouvre le Syk.

Moi aussi, j'entre dans le monde des morts. Les roches à peine sorties de l'ombre de la nuit ont la couleur pâle de la mort, et certaines sont pareilles à des crânes aux orbites béantes, à la mâchoire édentée.

J'ai osé entrer dans une tombe. Le sol est couvert d'une poussière très fine, presque impalpable. Je sais que le voyageur a dû y entrer lui aussi, avant de s'engager dans le défilé. Il y a une odeur âcre d'urine, et à l'entrée j'ai vu des crottes de bique. Quand il est entré dans cette tombe, le guide a dû rester au-dehors à l'attendre, il a déposé sa vieille chèvre dans la poussière et il s'est assis sur une pierre. Peut-être a-t-il cru (comme le voulait le voyageur étranger) qu'il était entré dans la tombe pour se livrer à un besoin naturel. Puis ils sont arrivés devant le pont construit par les génies à l'entrée du défilé, à une hauteur vertigineuse pour qu'aucun homme ne puisse s'en approcher. Et déjà le guide surveillait le voyageur, déjà il avait compris que cet homme étrange enveloppé dans son manteau et coiffé de ce turban invraisemblable avait voulu venir jusqu'ici pour dérober le trésor secret des morts.

Il marchait en tirant la corde de la chèvre, et celle-ci freinait la marche, comme si elle avait compris ce qui l'attendait au bout du chemin. Sous son poil jaunâtre taché de poussière, son

cœur de chèvre devait battre très vite, et sa respiration écartait ses côtes maigres.

Maintenant, moi aussi, je marche vers le
secret. Dans la pénombre, je vois la silhouette
mince du guide. Pour marcher plus vite, il s'est
déchaussé, il a caché ses sandales sous une
pierre, et il a chargé la vieille chèvre sur ses
épaules. Le voyageur porte une outre d'eau,
remplie à la source miraculeuse de Wadi
Moussa.

Le soleil se lève derrière moi, éclairant le ciel
et le haut des falaises. La poussière monte dans
le défilé, elle se soulève et retombe en cendre.

Je pense à la poussière du désert, sur la route
de Bagdad. Le bruit de la guerre recouvre le
monde, et ici, il n'y a plus que le silence. La
fureur des hommes s'est retirée des montagnes
et des vallées alentour, comme le sang d'une
bête qu'on égorge. Il y a plus de cent ans que le
voyageur étranger et son guide ont marché ici,
et pourtant il me semble que je vois leurs traces,
que je sens leur odeur.

Je marche dans le lit du torrent, dont les eaux
furieuses ont jeté des pierres et des branches
mortes, orage après orage. Sous mes pieds, la
poussière monte et m'entoure d'un nuage gris
qui me fait suffoquer. J'ai noué un mouchoir
autour de mon visage, je plisse les paupières. La
poussière pénètre mes vêtements, mes chaus-

sures. Au fond du ravin, il y a encore des morceaux de nuit accrochés aux parois. La gorge est si étroite que je sens contre mon épaule la falaise froide, couleur de viscère. Est-ce cela qu'a ressenti le voyageur, quand il marchait au fond de cette gorge, le visage caché par un pan de son turban ? Devant lui, le guide avançait vite, en titubant sur les pierres qui s'éboulent, portant sur ses épaules la chèvre aux pattes ligotées. Alors, comme moi, il devait penser à une descente vers le centre de la terre, vers le secret de son origine, son ventre rouge où règne la mort.

Cela devait lui serrer le cœur, comme cela serre le mien en cet instant, et la poussière l'étouffait. Il faisait très chaud alors, il me semble que je m'en souviens, au-dessus d'eux les montagnes brûlaient. Dans l'immense désert, du côté de Bassora, le ciel de l'aube s'embrasait. Et moi je marche sur la même terre, je suis sous le même ciel, au fond de cette crevasse, je vois la même lumière qui éclaire à travers la poussière. Par endroits, le Syk est si étroit que les parois de la falaise semblent se toucher à leur sommet, et cachent le ciel.

Le guide marchait sans s'arrêter, loin devant le voyageur. Il me semble que j'entends clairement le bruit des pas sur les cailloux, et le souffle rauque de la chèvre. À mesure que la lumière du jour augmente, je distingue sur les parois les marques, les balafres, les fissures qui montent jusqu'en haut, les signes effacés, déjà retournés au temps géologique. J'ai le cœur serré, j'ai du mal à respirer, parce que je suis entré dans un autre monde, un monde où les génies ont laissé leurs traces. Le temps n'est qu'un battement, et je suis tout près du voyageur, je marche dans son ombre.

Je me suis arrêté devant un signe. À gauche, au ras des alluvions du torrent, il y a un petit sanctuaire creusé dans la falaise. L'eau à cet endroit a dû faire un tourbillon, et seul le bas du sanctuaire a été effacé. À l'intérieur du sanctuaire, encore indécise dans la pénombre, jaillit une forme arrondie, pareille à un œuf de pierre. Sur la paroi brisée de la falaise rouge, au-dessus de la poussière et des tourbillons desséchés, au milieu des cassures et des angles, dans toute cette poussière et cette violence, la rondeur était étrange et douce, et je la regardais sans bouger. C'est elle que le voyageur a dû voir lui aussi, quand il a pénétré dans le Syk pour la première fois. Le guide a dû poser la chèvre sur le sol pour revenir en arrière, et tirer le voyageur par la manche de sa robe, en disant des mots de colère. La pierre était magique, elle le regardait comme un miroir. Puis ils ont repris leur route au fond de la gorge, disparaissant dans les tourbillons de poussière que soulevaient leurs propres pas.

Et moi je marche vers le secret, j'entre dans le même nuage de poussière. Mon cœur bat très fort, j'ai la gorge sèche, parce que je sais ce que je vais voir. J'attends cet instant, il est devant moi, encore caché, et pourtant il brûle ma vue. À chaque détour de la falaise, à chaque faille, j'attends de le voir. Il me semble que je ne fais que revenir sur le chemin que j'ai parcouru autrefois, il y a si longtemps. Je marche dans un rêve. Ou bien dans les pages de ce livre que j'avais lu dans la bibliothèque de mon grand-père, à Zurich, ce livre relié de cuir rouge, qui parlait de ces lieux fabuleux, Damas, Kerak, Shaubak, Maan, Akaba. Les pages qui parlaient d'Eldjy, de Wadi Moussa, du Syk, et de ce peuple au nom étrange, les Lyathenes. C'était mon histoire, écrite au fond de moi, je la reconnaissais à chaque pas. J'étais si troublé que j'ai dû m'arrêter, m'asseoir sur une pierre pour reprendre mon souffle. Maintenant, le jour est tendu au-dessus du Syk, le ciel brûle. Dans la gorge, il y a encore des flaques d'ombre, on sent l'eau qui coule sous la terre. Dans un instant vont résonner les premiers galops des chevaux, les appels des guides qui accompagnent les touristes. C'est juste cet instant, entre la nuit et le jour, il s'efface déjà. Dans un instant les avions vont obscurcir le ciel au-dessus de l'Irak, ils vont lâcher leur tapis de bombes.

Il me semble que si j'atteins le secret, maintenant, tout sera différent. Je serai réuni au temps du premier voyageur, quand le monde était encore innocent, qu'il tournait lentement autour de la coupole du mont Haroun.

J'ai couru pour échapper à l'angoisse de cet instant. Devant moi, cachés par les replis du Syk, je devinais le guide et le voyageur, j'entendais le bruit de leurs pas, j'entendais leur souffle, la plainte de la chèvre qui grelottait.

Tout d'un coup, je l'ai vu. Le Trésor. La légèreté, la tendresse. La nouveauté. Une idée, mieux qu'une idée, un rêve. Couleur de nuage. Comme cela il lui est apparu, en cette matinée du 22 août 1812, vers huit heures, au débouché du Syk, après tant de fatigues et d'atermoiements, immense et brillant comme l'aurore entre les parois noires de la montagne. Alors, comme moi, il titubait sur la place, enveloppé dans les tourbillons du vent de poussière, il posait l'outre d'eau par terre et il s'asseyait pour mieux voir. Le guide avait déposé la chèvre ligotée sur le sol, et lui aussi regardait la demeure des génies. Puis il s'est retourné vers Burckhardt, il lui a demandé : « Que fais-tu ? » Le voyageur, courbé en avant, serrant dans ses mains son cahier de notes caché sous sa robe : « Je ne peux plus marcher, je suis fatigué, restons un instant ici.» Mais son regard brillant démentait ses paroles. Il ne sentait aucune fatigue. Son cœur battait plus fort, ses yeux brûlaient, parce qu'il avait découvert le Trésor. Un rêve, pensait-il, un rêve inachevé, tremblant encore de la vibration de la nuit qui l'avait créé, au bord de l'oubli. Jailli comme un visage de pierre. «Viens! Hâtons-nous, disait le guide. Le tombeau de Haroun est encore loin, les génies sont partout.» Son visage noir était tendu, son regard aiguisé comme un métal. Il était debout au centre de la place, tournant le dos au tombeau, son manteau en haillons secoué par le vent. À ses pieds, dans la poussière, la vieille chèvre rampait, ruant de ses pattes ligotées pareille à une bête qu'on égorge.

Dans ma poitrine, il y a les coups de mon cœur. La solitude de la guerre est mortelle. J'entends les bruits des voix, les cris aigus des enfants, les coups de massette des ouvriers qui sculptent la pierre, je sens même l'odeur de poudre de la pierre qui éclate. Je sens la sueur des hommes. Je suis sous le même ciel, je respire le même vent. Les nuages glissent éternellement. Là-bas, un peu plus loin, sur la route d'Al-Hajara, passent les mêmes nuages, et leur ombre voyage facilement jusqu'au confluent des deux fleuves où le monde a commencé.

Je respire le même vent, la même poussière. J'entends les mêmes cris d'oiseaux, les croassements des corbeaux, les sifflements de l'aigle. Sur les pierres, au ras du sol, il y a des mouches plates, et les herbes maigres vibrent dans le vent. Je suis dans la vallée de la mémoire, dans la faille où le temps est tapi comme une ombre. Je marche sur mon propre corps.

Je suis entré dans une tombe ouverte sur la falaise, de l'autre côté de la vallée, en face du Trésor. J'ai grimpé aux rochers, je me suis assis à l'entrée de la grotte. C'est une salle immense, creusée dans la falaise. Les parois sont rouges, tachées de suie. Il y a une grande fêlure qui part du sommet de la falaise, traverse le tombeau et descend vers le centre de la terre. Quand je suis entré, je l'ai vue, et j'ai frissonné, comme si c'était vraiment la cassure qui rompra le monde. Je pense au Ghor, et à la grande vallée du Wadi Mujib, à cette lèvre de lave. Ainsi Burckhardt, le voyageur, a franchi ces murailles et ces gouffres, avant de s'asseoir ici, sur la place, devant le Trésor. Il a vu la mer de bitume où s'accroche la brume. Il est entré ici, comme dans sa propre tombe, sans savoir vraiment qu'il avait atteint le but de son voyage. Je marche sur ses traces, maintenant je lis ma propre histoire sur les empreintes de la falaise. Je glisse dans le même creux, j'entre dans la même antichambre.

Alors le guide a dû jeter un regard de colère et de crainte vers la vallée, tandis qu'il chargeait la chèvre sur ses épaules. «Nous ne pouvons pas nous attarder ici, les brigands vont nous surprendre.» J'entends la plainte de la chèvre, je sens l'odeur d'urine qui souille sa fourrure. Je charge l'outre d'eau sur mon épaule et je marche au fond de la vallée, vers la ville des esprits.

Maintenant, le soleil est haut dans le ciel sans nuages. Les touristes ont commencé à arriver. Une vingtaine d'un coup, on dirait qu'un autocar venu du néant avec ses phares allumés et ses portes pneumatiques verrouillées les a déversés devant le théâtre, à l'entrée de la ville.

Ils marchent le long de la voie romaine. Ils ont des casquettes multicolores. Ce sont des Italiens pour la plupart, quelques Espagnols aussi. La guerre en Irak ne les préoccupe pas. Ils parlent fort, ils prennent des photos.

Le long de la voie, il y a les marchands de pacotille, les marchands de sable, les Bédouines vêtues de noir accroupies devant leurs étals de bouts de verre teinté, de tessons pseudo-nabatéens, de vieux clous rouillés. Il y a aussi les vendeurs de sodas, les vendeurs de casquettes, les vendeurs de Chiclets. Le soleil brille sur les ruines, brille dans les cheveux des enfants. Un vieux dromadaire mité baraque en grognant.

Dans les collines, au-dessus de la ville, je vois les silhouettes des dromadaires qui sautillent sur leurs pattes entravées.

Au bout de la ville, le voyageur s'est assis devant les murs du château de la Fille du Pharaon. Il essaie de prendre des notes et des croquis, les mains cachées sous sa robe, et le guide s'écrie : «Je vois bien ce que tu es, un infidèle, ton véritable but était de pénétrer dans la cité de tes ancêtres, mais sache bien que nous n'accepterons pas que tu emportes la moindre parcelle des trésors qui sont cachés ici, car ils sont sur notre terre, ils nous appartiennent.» Il a empoigné la chèvre, il s'apprête à continuer sa route vers le mont Haroun.

Le groupe des touristes entre dans les tombeaux, monte les marches des temples. Ils ont été rejoints par une classe d'écoliers conduits par un maître d'école armé d'un long bâton. Ils viennent de Shaubak. Certains ont des T-shirts marqués aux noms d'universités nord-américaines.

J'ai grimpé sur la colline, au-dessus de la ville, j'ai marché sur un sentier à peine visible, jusqu'au troupeau de dromadaires. J'ai vu la colonne de pierre enracinée dans le sol, que Burckhardt appelle drôlement *Hasta virilis pharaonis,* et les Arabes plus simplement Zab Firawn. Ici, tout est silencieux, juste le froissement léger du vent sur les pierres. La falaise, derrière moi, est percée de quantité d'ouvertures, entrées de tombes, alvéoles, usées, fondues par l'érosion. Des orbites béantes. Au-dessous, vers le sud-ouest, je vois la vallée du Wadi Ath-Thughra, une crevasse profonde, sans eau, brûlée par la lumière du soleil. C'est là que le voyageur a marché, avec le guide, jusqu'au pied du mont Haroun. Je scrute le fond de la vallée, comme si j'allais apercevoir les silhouettes des deux hommes, entendre encore la voix de la chèvre qu'on mène au sacrifice. Au bout de la vallée, le mont Haroun domine les autres montagnes. La coupole blanche est éclairée par le soleil.

Maintenant je sais que je n'irai pas jusqu'au tombeau. Je voulais simplement trouver une place, au pied de la montagne, sentir la marque, là où le sang de la vieille chèvre avait coulé. Ramasser un peu de terre et m'en oindre le visage. Mêler la poussière rouge à ma salive, et m'en oindre les paupières. C'était pour cela que j'étais venu. Pour voir. Pour perdre le temps, et voir, avec les yeux de cet homme inconnu dont je porte le nom. Mais il est trop tard, sans doute. Le 17 janvier, quand le ciel de la nuit s'est empli du fracas des bombardiers, tout est devenu silencieux dans la ville des esprits, et le voyageur et son guide sont redevenus des fantômes inaccessibles. Un instant, à l'aube, j'ai cru entendre le bruit de leurs pas, leurs voix, l'appel plaintif de la vieille chèvre que le guide porte sur ses épaules. Puis tout a disparu, tout est redevenu exact.

Je suis redescendu vers la ville. Le soleil décline déjà. Des nuages sont apparus au-dessus des montagnes, à l'ouest, et la tombe de Haroun s'est effacée. À l'instant où j'arrive au pied de la falaise, une jeune fille est debout devant moi. Elle est pieds nus, elle porte la longue tunique noire des Bédouines et un pantalon de toile bleue. Son visage est entouré d'un voile d'un blanc approximatif. Je reconnais une des filles qui marchaient sur la voie romaine, du côté du théâtre. Elle a un visage étrange, impassible, ses yeux sont couleur d'ambre, ils brillent avec force. Tout de suite je comprends qu'elle est muette.

Comme je reste immobile, elle avance vers moi, elle tend sa main droite ouverte. Dans la paume de sa main, il y a un caillou très rouge, couleur de braise. Elle s'arrête devant moi, elle me regarde, puis elle met le caillou dans ma main. Son visage est tendu, mais sans aucune crainte. Elle est d'une beauté inquiétante et sauvage. Ses cheveux sous son voile sont emmêlés, son visage est sali par la poussière, elle a des écorchures aux mains.

Avec elle, je partage les provisions que j'ai emportées de l'hôtel, du pain et une orange. Je pèle l'orange comme on fait en Afrique, en n'enlevant qu'une mince pellicule brillante, puis je la divise en deux et je lui donne une moitié à sucer comme une coupe. La jeune fille imite mes gestes, elle boit le jus et elle recrache les pépins et les bouts de pulpe. Elle a les lèvres gercées par le soleil, il lui manque des dents.

Quand elle a fini de manger, elle reste accroupie contre la paroi de pierre, à l'ombre d'un rocher. Elle continue à me regarder, elle dessine dans la poussière avec le bout de ses doigts. J'ai sorti de ma poche le petit carnet sur lequel j'ai dessiné tout le long du chemin, dans le Syk, les rocs, les fissures, les stries de la pierre dans les tombes. Elle me montre le carnet, et elle fait le signe d'écrire. Elle regarde les lettres, puis à son tour, avec le crayon, elle trace des signes, dans une écriture étrange qui n'appartient qu'à elle, des cercles et des barres. Elle fait cela, puis elle me tend le carnet. Son visage exprime une joie enfantine. Dans son visage sombre, ses yeux semblent transparents. Son regard pénètre en moi, me remplit du silence.

Je voudrais savoir son vrai nom. Je dis des noms, au hasard, pendant qu'elle lit sur mes lèvres. Je dis Ayicha, Meriem, Samira, Alia, Hanné. Elle balance son buste, le dos à la lumière. Le vent gonfle sa tunique noire, fait flotter son voile. Dans son visage sombre, ses yeux jaunes brillent avec un éclat surnaturel. En bas, dans la vallée, les silhouettes des touristes italiens bougent très lentement. La jeune fille les regarde à peine. Elle est là depuis toujours, jeune et mince et sauvage, c'est elle qui règne sur la ville des esprits. Quand le voyageur et le guide lyathene sont entrés, portant la chèvre pour le sacrifice, elle les a regardés du haut de son promontoire. Peut-être qu'elle est descendue dans le lit du Wadi Ath-Thughra, du côté du tombeau des Serpents, et qu'elle a marché au-devant d'eux, avec dans sa main ouverte la même pierre couleur de braise.

Et d'un seul coup, comme elle est venue, elle disparaît. Je vois un instant sa silhouette noire bondir le long de la falaise, dans la direction du Wadi Siyagh. Elle se glisse dans les crevasses, elle se mêle à l'ombre. Il ne reste que la montagne, le bruit du vent, et l'arête nue où sautillent les bêtes entravées.

Je suis retourné en bas, dans la ville, avec les touristes italiens. Un soldat bédouin en uniforme de la Légion arabe est debout à côté d'une chamelle couchée. Il y a aussi un chamelon entravé. Le soldat pose pour l'album de deux jeunes Canadiennes en short et sac à dos.

Après leur départ, j'ai offert une cigarette au vieux soldat, et nous avons fumé ensemble, sans rien dire. Au moment où je m'en allais, il m'a dit en anglais que la chamelle s'appelait España. Le chamelon n'a pas encore reçu de nom. Les bêtes appartiennent à sa famille. Elles sont marquées d'un signe en forme de trois lobes.

Peu à peu, les touristes se sont dispersés. Les marchands ont plié leurs étals, les ont chargés sur les mulets. La chamelle et son chamelon se sont éloignés dans le bruit mou de leur pas traînant. Le vent s'est mis à souffler plus fort dans la vallée, la ville des esprits est devenue violet sombre. Même la pierre que je tiens dans ma main s'est assombrie.

Je ne suis pas retourné vers Wadi Moussa. J'ai commencé à marcher dans le lit du Wadi Siyagh, vers la source. Il y a en moi un vide, une impatience. Je veux voir ces falaises, ces roches éoliennes, les yeux des tombeaux ouverts sur la nuit qui arrive. C'est ainsi qu'ils étaient apparus au voyageur intemporel. Tandis qu'il marchait à la lueur du crépuscule, le long du ravin jusqu'au pied du mont Haroun, il ressentait la même impatience, le même vide. Il se hâtait derrière le guide vers le lieu du sacrifice, il attendait que le sang jaillisse de la gorge de la chèvre haletante et coule sur la terre poudreuse, la colore de

cette teinte de braise. Moi aussi c'est le sang qui
me guide, la tache brune dans le creux de ma
paume, cette pierre que la fille muette m'a don-
née comme une gemme. Elle brûle ma main.
C'est mon seul talisman contre la fatalité de la
guerre.

Je suis brûlé par la soif. Depuis l'orange par-
tagée avec la muette, je n'ai rien bu, je n'ai plus
de salive dans ma bouche et mes lèvres saignent.
De chaque côté, les hautes parois de la falaise
chauffent comme des fours, restituent la
lumière emmagasinée pendant le jour. Dans ma
main, la pierre rouge est lancinante.

Je marche, sans savoir pourquoi, sans comprendre où je vais. Je dois trouver la source, c'est
la seule chose qui m'importe, qui m'obsède.
Passé le promontoire du fort croisé de Habis, le
Wadi Siyagh fait une grande courbe, c'est là que
les tailleurs de pierre sont venus chercher leurs
blocs, autrefois. La montagne est sculptée
comme à grands coups de hache. Au pied des
carrières, il y a des champs cultivés, des éten-
dues de blé. Le ruisseau serpente en minces
filets entre les plages de galets et de sable. Il n'y
a personne. J'entends encore les cris des corbeaux, quelque part, qui résonnent au fond de
la vallée, ou bien très haut, le gémissement des
rapaces. Je marche en cherchant des traces, les
traces légères de ses pieds nus dans le sable. La

jeune fille a dû passer ici il y a une heure, peut-
être. Elle a remonté le ruisseau jusqu'à la
source. C'est là qu'elle habite. Je sens son regard
sur moi, son regard étrange et liquide, son
regard lisse qu'aucun mot ni aucun outrage ne
peuvent troubler. Je marche sans reprendre
haleine, la pierre rouge serrée dans ma main
droite.

Juste avant la nuit, je trouve enfin la source.
Elle est cachée au fond de la vallée au milieu des
broussailles et des arbustes. Je descends vers le
fond du ravin, en m'accrochant aux racines, je
rampe dans le taillis des lauriers-roses. De temps
en temps je m'immobilise et je cesse de respirer,
pour mieux entendre. Quelque part, tout près,
je perçois le bruit de l'eau, le bruit le plus doux,
comme une voix, comme une parole du langage
de la jeune fille muette. J'avance en rampant
dans la boue. Les buissons me griffent aux yeux,
les branches des lauriers-roses sont des fouets
amers. Puis je la vois, l'eau verte étincelante de
moustiques, l'eau secrète, sourdant tranquillement du ventre de la montagne parmi les
rochers et les branches des arbustes. Une libel-
lule rouge vole sur l'eau.

C'est elle que je suis venu voir. La source est à
elle, la pauvre muette qui erre dans les ruines
des génies et distribue ses cailloux. La source,
c'est elle. L'eau a la couleur de ses pensées, elle

parle avec sa bouche. Je suis à plat ventre dans la boue au milieu des moustiques, et je sens son regard. Elle est là, cachée dans les broussailles, c'est ici qu'elle mène son troupeau de biques à l'heure de boire. Sur les rives du bassin, il y a les traces des sabots, les boulettes des crottes. Il y a l'odeur de ses habits, l'odeur de son haleine. Je frissonne. Lentement, je rampe jusqu'à l'eau, j'écarte les moustiques du plat de la main et je bois longuement l'eau froide, couleur d'émeraude, l'eau fermentée pleine de vie.

Peu à peu la nuit descend. Il y a un froufrou de ramiers, pas loin, les cris des crapauds, dans le ciel gris le vol titubant des chauves-souris.

Je suis heureux, un peu ivre de cette eau, on dirait. Je redescends la vallée, vers les plages, là où le Siyagh serpente à travers les hautes herbes et les champs de blé. Maintenant, je ne sens plus la solitude. Ici, à Pétra, je suis tout près de l'entrée, à la porte même d'un autre monde, ce monde où l'ancien voyageur n'est jamais entré. Ailleurs, la guerre dévore les hommes, assassins honteux et maudites victimes, mais dans cette vallée vivent toujours les esprits.

J'ai retrouvé le tombeau, au bas de la vallée, là où le Siyagh se divise. Il pleut à présent, et à l'instant de franchir le seuil du tombeau, j'hésite un instant. C'est ici que vit la jeune fille muette. Sur la paroi du tombeau, je vois sa sil-

houette, la longue tunique noire, sa chevelure
défaite sur les épaules. La nuit a déjà mis de
l'ombre sur ses lèvres. Mon cœur cogne si fort
que je perçois ses coups dans mon corps, dans
mes membres, à la saignée des coudes. En
entrant dans le tombeau, je pose sur le sol la
pierre rouge, comme une obole. C'est un rite
très ancien, que je n'aurais jamais dû oublier. Je
m'allonge sur la terre dure, je cherche un instant ma place. L'entrée du tombeau s'ouvre sur
un gris très doux. Il y a une odeur de fumée,
d'une braise très lointaine, du temps où les
vivants et les morts savaient dormir ensemble.

La jeune fille muette est assise à côté de moi.
Je sens le parfum de sa peau, de ses habits.
J'entends son souffle régulier. Elle veille et je
dors, je m'enfonce dans le rêve du temps où
Dieu n'avait pas encore de visage, où régnaient
ses esprits dans les pierres et dans le vent, dans
les gouttes de la pluie, dans le soleil qui descend
et dans le cercle de l'eau sous la lune.

Je t'écris, à toi qui vis de l'autre côté de la mer, dans ce pays si lointain dont tu ne reviens pas. J'écris ces mots sachant qu'ils n'iront jamais jusqu'à toi. Je les écris pour les envoyer sur le vent, quand le vent souffle du désert vers le couchant, car seul le vent peut franchir les montagnes et la mer. Il y a si longtemps que tu es venue, et repartie, et aujourd'hui l'on dit qu'à cause de la guerre le monde ne pourra pas durer. Je suis bien le dernier des Samaweyn.

Je me souviens de toi comme d'un songe, et je me souviens de chaque moment de ce songe. Les paroles que tu disais dans ta langue. La clarté de tes yeux, l'or de tes cheveux, la grande robe blanche que tu portais et qui étonnait tous les gens, parce que dans notre village les femmes sont vêtues de noir. Les enfants marchaient derrière toi. Partout où tu allais, ils t'accompagnaient. Alors tu m'as vu, debout contre la falaise, là où sont les loueurs de chevaux.

Pourquoi m'as-tu choisi? Est-ce que tu avais compris que j'étais orphelin de père et de mère, et que je n'avais comme seul bien que cette valise, avec son trésor de photos et de papiers jaunis? J'ai marché avec toi dans la ville des esprits, je t'ai accompagnée dans les tombeaux. Il faisait froid, le vent soufflait du sable dans le Syk, les buissons arrachés tourbillonnaient sur la grande voie des Romains, dans le théâtre. Je me souviens, tu avais de la poussière dans les yeux. Tu avais entouré ta tête avec un grand foulard blanc et tu marchais contre le vent, sans rien dire, et moi je marchais un peu devant toi, le corps tourné de côté comme font les chiens. Cet hiver-là, la neige était tombée si épaisse sur les montagnes alentour, et le ciel était couleur de neige, rose et gris à l'est, et les ruisseaux étaient gelés. Tout était silencieux et glacé. Les gens étaient venus, les uns après les autres, des villages voisins, vieillards, enfants chassés par le froid, ils s'étaient installés de nouveau dans les tombes, comme autrefois. Ils avaient poussé leurs troupeaux devant eux, dans le défilé étroit, et toute la cité des morts résonnait des voix des bêtes et des cris des hommes à cheval. La vallée résonnait comme au temps du Pharaon, au temps où les génies et les hommes vivaient dans cette vallée. La vieille Ayicha, de la famille de mon oncle, s'était installée dans le tombeau des

Serpents, sur la route du mont Haroun. Chaque
jour, les enfants se réunissaient sur la place,
devant le théâtre ou sur la voie des Romains,
dans l'attente d'un événement nouveau. C'est
ainsi que tu es venue, toi, quand personne ne
t'espérait, vêtue de ta longue robe blanche, avec
tes cheveux d'or et tes yeux de ciel.

Tu es venue, et tu es entrée dans ma vie, et j'ai
pensé tout de suite que c'était toi qui devais
venir, comme si tout avait été écrit dans le livre
de la destinée. « Quel est ton nom ? » m'as-tu dit.
Tu parlais notre langue avec un accent étrange.
Les autres enfants, les adolescents étaient ras-
semblés autour de toi, tous te regardaient de
leurs yeux sombres. Et toi tu m'as choisi, parmi
tous ces enfants qui se pressaient pour te regarder et toucher ta robe.

J'ai marché avec toi, tous ces jours, à travers la
ville des esprits. Je n'avais rien d'autre à faire
que marcher à côté de toi, un peu devant ton
ombre, du matin jusqu'au soir. Parfois tu hési-
tais, tu cherchais le chemin pour monter jusqu'aux tombeaux à flanc de falaise. Tu avais une
grande carte couverte de signes et de dessins.
Alors je marchais devant toi, je te montrais le
chemin. Le vent froid brûlait ton visage, tu avais
des larmes dans les yeux.

Quand tu entrais dans les tombeaux, je restais
au-dehors. Je m'asseyais sur les marches et j'at-

tendais. En bas dans la vallée, le vent soulevait la poussière, chassait les enfants. Les Bédouins avaient attaché leurs chevaux, ils se mettaient à l'abri dans les recoins de falaise, derrière les rochers. Ils fumaient. Je voyais le vieux Jabri, vêtu de sa robe en haillons, pieds nus dans des souliers éculés, qui restait assis auprès de son cheval de peur qu'on ne le lui vole, comme si c'était une monture magnifique, et c'était une haridelle boiteuse et presque aveugle.

Tu dessinais dans un petit cahier aux pages cousues. Tu inscrivais les portes, les murs, les colonnes, les dessins gravés.

Chaque matin, tu voulais voir le Trésor. Quand la lumière était très claire et qu'il n'y avait encore personne, tu entrais dans le tombeau, et moi je restais assis sur une pierre en face, à regarder l'urne en rêvant qu'elle allait enfin s'ouvrir et déverser son or sur la place poussiéreuse.

Après, tu me connaissais mieux, tu me confiais ton sac à dos. Je n'en avais jamais vu de semblable. Il était fait dans une toile très douce, décoré de fleurs multicolores, et il sentait une odeur très douce aussi, ton parfum, que je porte encore dans ma mémoire.

Je n'ai jamais osé regarder ce qu'il contenait. Tu posais le sac par terre, à côté de moi, avec un sourire. Je le gardais. Quand tu sortais du tombeau, tu étais éblouie par la lumière et par le vent. Tu prenais des lunettes noires dans ton sac.

Je me souviens, un après-midi, en sortant du tombeau Malaki, le soleil t'a aveuglée et tu es tombée. Tu avais mal à un genou, et je t'ai aidée à te relever. Tu marchais appuyée sur mon bras, je sentais la chaleur de ton corps, l'odeur de tes cheveux d'or, cela faisait battre mon cœur très fort.

Un après-midi encore, sur la route du mont Haroun. Près du tombeau des Serpents, je m'en souviens comme si c'était hier, et le souvenir me remplit de joie et de tristesse, parce que c'est tout ce que j'ai gardé de toi, cette fumée légère du souvenir. Tu voulais aller jusqu'au tombeau de Haroun. Je n'avais pas osé te dire non, même si je savais que je n'avais pas le droit de t'y conduire, parce que tu étais une étrangère, une chrétienne. Nous marchions dans la vallée, dans le lit du torrent desséché. Moi devant, toujours un peu de côté, sans parler.

Et soudain, alors que nous venions de dépasser la montagne qu'on appelle la mère des Citernes, il y a eu une nuée noire dans le ciel et un vent violent dans la vallée qui a soulevé des trombes de poussière. Tu t'es enveloppée dans ton foulard blanc et moi j'ai enroulé mon keffieh sur mon visage, mais le vent était si violent qu'on ne pouvait plus avancer. Les parcelles de pierre arrachées à la montagne bondissaient sur

le chemin, blessaient les mains et le visage. Tout
à coup la pluie s'est mise à tomber, si fort que
nous ne pouvions plus respirer. L'eau cascadait
de tous les côtés de la montagne, grossissait le
torrent couleur de sang, et le fracas se mêlait aux
grondements du tonnerre. Tu as crié mon nom :
Samaweyn ! Il me semble que j'entends encore
ton cri, et je tressaille d'inquiétude. J'ai compris
que tu étais perdue. Tu avais peur. Je t'ai prise
par la main et je t'ai guidée jusqu'à la falaise, vers
les rochers éboulés qui mènent à l'entrée du
tombeau. Là où vivait la vieille Ayicha.

Dans la grotte, il faisait chaud comme dans
une maison. Nous avons regardé la pluie tomber
et les éclairs zébrer le ciel, et le torrent empor-
ter la terre au fond de la vallée. Tu tremblais de
froid. Tes cheveux mouillés collaient à ton
visage, sur tes épaules. Tu as mis ton bras autour
de moi et tu m'as serré très fort. Jamais je n'avais
connu de moment semblable. Nous étions seuls
au monde, dans cette grotte au bord du torrent,
tandis que la terre entière était emportée par
l'eau et par le vent. Les éclairs touchaient les
montagnes, les brisaient avec un bruit effrayant.

Tout le jour nous sommes restés assis dans la
grotte, tapis contre la muraille. Quand la pluie a
cessé, j'ai entendu la voix de la vieille Ayicha qui
se plaignait dans la tombe voisine. Je suis allé
chez elle, je lui ai dit de préparer le thé et de

quoi manger. D'abord elle n'a pas voulu, elle proférait des menaces du fond de son antre, comme une sorcière. Puis tu es venue, dans la lumière du crépuscule, après la pluie, tu étais aussi blanche et belle qu'un génie au commencement du monde, quand il n'y avait que les esprits qui habitaient cette vallée et les monts Shara, avant même que ne vienne ici le prophète Haroun, quand un grand fleuve coulait et que les pâturages étaient infinis, ainsi parlait mon père au bord de la falaise, et avant lui son propre père. La vieille Ayicha a mis la bouilloire sur le feu pour le thé, elle a sorti d'une besace du pain et des dattes pour moi et pour l'étrangère.

Tu as mangé, tu as bu le thé noir. Tu frissonnais de fièvre. Dehors, la nuit était obscure, il y avait seulement la lueur intermittente des éclairs sur les montagnes. Moi aussi j'ai partagé le pain et j'ai bu du thé brûlant. Je ne savais plus qui j'étais, il me semblait que je revivais un souvenir très ancien.

Ensuite la vieille a déroulé un tapis près du feu, et tu t'es couchée, la tête appuyée contre une pierre. La nuit était infinie. Je me suis installé à l'entrée du tombeau, à ma place, et j'ai veillé pendant que toi, l'étrangère, tu dormais.

Cela aussi, je ne peux pas l'oublier. C'était ma nuit, écrite dans ma mémoire, cette nuit rayée d'éclairs qui tournait autour du tombeau, et le feu vacillant qui éclairait ta robe, tandis que tu dormais, et la vieille Ayicha qui lançait des brassées de brindilles et des racines mortes dans les flammes, le tourbillon de la fumée et le crépitement des étincelles.

La nuit a tourné, comme si elle ne devait jamais finir, toi, l'étrangère dormant, enroulée dans le tapis, la tête appuyée sur la pierre, la vieille accroupie près du feu, son visage encore plus noir à cause de la fumée, et moi à l'entrée du tombeau, le dos appuyé à la pierre froide.

À l'aube le feu s'est éteint complètement et la vieille est allée se coucher au fond de la grotte. La pluie avait cessé. J'avais les yeux écorchés de fatigue, mais j'avais juré de ne pas m'endormir. L'aube s'est rompue lentement, les rochers sont apparus, de plus en plus rouges. Au fond de la vallée, le torrent de la nuit avait cessé de couler, il ne restait que les flaques couleur de sang caillé.

Avant le jour, j'étais de retour avec la valise de mon trésor. Tu étais réveillée. Pour toi, j'ai fait le chiffre secret et j'ai ouvert la valise, et l'une après l'autre, j'ai sorti toutes les lettres, les photos, les cartes postales qui montraient le pays où mon père était mort.

Tu as lu les lettres, à haute voix, les lettres écrites par la femme aux cheveux d'or qui m'a tenu dans ses bras quand j'étais bébé, et que j'ai appelée ma mère. Tu lisais dans cette langue étrangère et chantante que je ne connais pas, mais qui est belle comme une musique. Le jour qui se levait brûlait mes paupières. Je me suis endormi en écoutant les mots chantants, la tête appuyée contre mon bras, comme quand on écoute un conte.

Tout cela est passé. Maintenant, mon oncle est mort. Il avait été dans la légion du grand Abdullah, quand ils se battaient sur les épaules de la terre, pour la ville sainte. Il est mort dans sa maison de ciment, au village bedoul, le visage tourné vers la ville des esprits, là où il était né, là où mon père et le père de mon père étaient nés. Mais les esprits eux-mêmes ont cessé d'y vivre, ils ont été remplacés par les touristes et les curieux qui traversent jour après jour comme un vent de poussière. Les soldats vaincus se sont arrêtés sur la rive du fleuve et, du haut de la falaise, ils regardent la ville sainte jusqu'à ce que leurs yeux soient brûlés. Que reste-t-il aux hommes, quand les guerres sont finies? Le silence, comme aujourd'hui, sur le grand désert au sud de Bagdad, le silence qui serre le cœur des vivants et qui ouvre une fissure au cœur des pierres.

Toute ma vie, j'attendrai que revienne la jeune étrangère aux cheveux d'or, qui apportait le message de mon père, de ce pays lointain où la neige brille sur les montagnes et où les champs d'herbe sont vastes comme la mer. Ce pays aux noms fabuleux qu'elle prononçait pour moi dans le tombeau, au lever du jour : Basel, Berne, Fribourg, Winterthur, Lucerne, Soleure, Sierre, et les rivières aux noms doux et puissants, Aar, Rhin, Rhône, dont l'eau ne cesse jamais de couler. Ce pays dont mon père parlait dans ses lettres, où il y a l'abondance, où les arbres se brisent sous le poids des fruits, où les enfants ont des yeux si bleus. Peut-être que c'est ma mère qui reviendra. Je ne sais d'elle que son nom, Sara. D'elle je n'ai plus que ces photos, l'une enlevée à son passeport, où elle est très jeune, avec des lunettes d'étudiante, et un sourire si sûr. L'autre où elle est avec moi dans ses bras, un peu floue, sur la route d'Al-Bayda, et on voit dans le fond la grande tente de laine brune où elle habitait avec mon père.

Quand je me suis réveillé de ce songe, il faisait froid dans la grotte. La vieille Ayicha somnolait, tassée sur elle-même comme une momie, elle s'est à peine réveillée quand je l'ai secouée.

« Où est-elle ? Où est l'étrangère ? Réponds-moi, sorcière, cesse de dormir, n'as-tu pas vu quand elle est partie ? »

J'ai couru à perdre haleine à travers la ville

des esprits. La pluie avait tout lavé, tout balayé. L'aube avait de grands nuages en haillons qui tournoyaient au-dessus de la vallée. Sur les montagnes, à l'ouest, il y avait des plaques de neige.

J'avais le cœur déchiré, à cause du silence et de la solitude. Je ne savais même pas son nom. J'ai crié celui de ma mère : Sara ! Comme si mon cri pouvait franchir les montagnes, la mer et les espaces perdus, et aller jusqu'au bout du monde, là où elle était, là où mon père était enterré. Ainsi ma grand-mère l'avait entendu, le jour où mon père avait été mortellement mordu par la scie à couper les grands arbres des montagnes, un cri qu'il avait poussé et qui l'avait fait tressaillir, elle qui l'avait porté dans son ventre et mis au monde. Puis elle s'était couchée et elle s'était laissée aller à la mort.

Tout le jour j'ai marché dans la vallée, remontant et descendant le Syk, à la recherche de traces invisibles. Sur la terre, dans la tombe de la vieille Ayicha, j'ai senti son odeur, la place où elle avait dormi, la tête près du feu, abandonnée à la fureur de l'orage.

Maintenant, je sais bien que je ne reverrai jamais l'étrangère. Je n'irai pas à l'autre bout du monde. Je dois rester ici, à veiller sur le bien des esprits. Le même soir, je suis revenu à la grotte. J'ai dit à la vieille Ayicha de préparer le thé. Elle

l'a préparé comme si l'étrangère allait venir. Elle
a disposé les quatre verres sur le plateau, elle a
fait couler le breuvage amer. En partant, pour la
dédommager, je lui ai laissé la valise, avec tout
mon trésor. Je sais bien qu'elle va jeter au feu les
photos et les lettres, les cartes postales et les cer-
tificats. Cela va faire encore un peu plus de suie
sur son visage et sur les murs du tombeau. Dans
la valise aux serrures ouvertes pour toujours,
Ayicha mettra ses trésors à elle, ses chiffes, ses
aiguilles, son ruban de ceinture et ses paquets de
thé noir, peut-être des biscuits Marie.

J'ai marché d'un pas léger vers le nord, vers le
village bedoul. Dans les montagnes on n'aban-
donne plus les chevaux qui vont mourir. On les
use jusqu'à la dernière heure, et quand ils tom-
bent à genoux sur le chemin, on les envoie à
l'équarrisseur.

Je suis le dernier des Samaweyn, léger d'argent et sans trésor. Aujourd'hui, j'ai quitté l'in-
certitude de l'enfance et je marche jusqu'à ma
mort sur la même route, comme doivent le faire
les hommes.

DU MÊME AUTEUR

Aux Éditions Gallimard

LE PROCÈS-VERBAL. (Folio n° 353)

LA FIÈVRE. (L'Imaginaire n° 253)

LE DÉLUGE. (L'Imaginaire n° 309)

L'EXTASE MATÉRIELLE. (Folio Essais n° 212)

TERRA AMATA. (L'Imaginaire n° 391)

LE LIVRE DES FUITES. (L'Imaginaire n° 225)

LA GUERRE. (L'Imaginaire n° 271)

LES GÉANTS. (L'Imaginaire n° 362)

VOYAGES DE L'AUTRE CÔTÉ. (L'Imaginaire n° 326)

LES PROPHÉTIES DU CHILAM BALAM.

MONDO et autres histoires. (Folio n° 1365 et Folio Plus n° 18)

L'INCONNU SUR LA TERRE. (L'Imaginaire n° 394)

DÉSERT. (Folio n° 1670)

TROIS VILLES SAINTES.

LA RONDE et autres faits divers. (Folio n° 2148)

RELATION DE MICHOACAN.

LE CHERCHEUR D'OR. (Folio n° 2000)

VOYAGE À RODRIGUES, *journal*. (Folio n° 2949)

LE RÊVE MEXICAIN OU LA PENSÉE INTERROMPUE. (Folio Essais n° 178)

PRINTEMPS et autres saisons. (Folio n° 2264)

ONITSHA. (Folio n° 2472)

ÉTOILE ERRANTE. (Folio n° 2592)

PAWANA.

LA QUARANTAINE. (Folio n° 2974)

POISSON D'OR. (Folio n° 3192)

LA FÊTE CHANTÉE.

HASARD *suivi de* ANGOLI MALA. (Folio n° 3460)

CŒUR BRÛLE et autres romances. (Folio n° 3667)

Dans la collection « Folio Junior »

LULLABY. *Illustrations de Georges Lemoine, n° 140.*

CELUI QUI N'AVAIT JAMAIS VU LA MER *suivi de* LA MONTAGNE OU LE DIEU VIVANT. *Illustrations de Georges Lemoine, n° 232.*

VILLA AURORE *suivi de* ORLAMONDE. *Illustrations de Georges Lemoine, n° 302.*

LA GRANDE VIE *suivi de* PEUPLE DU CIEL. *Illustrations de Georges Lemoine, n° 554.*

PAWANA. *Illustrations de Georges Lemoine, n° 1001.*

Dans les collections « Enfantimages », « Folio Cadet »
et « Folio Cadet Rouge »

VOYAGE AU PAYS DES ARBRES. *Illustrations d'Henri Galeron, n° 49 et n° 187.*

En albums jeunesse

BALAABILOU. *Illustrations de Georges Lemoine.*

PEUPLE DU CIEL. *Illustrations de Georges Lemoine.*

Aux Éditions Stock

DIEGO ET FRIDA (repris en « Folio », n° 2746).

GENS DES NUAGES, en collaboration avec Jemia Le Clézio. *Photographies de Bruno Barbey* (repris en « Folio », n° 3284).

Aux Éditions Skira

HAÏ.

Aux Éditions Arléa

AILLEURS. Entretiens avec Jean-Louis Ezine sur France-Culture.

Composition Floch.
Impression Société Nouvelle Firmin-Didot
à Mesnil-sur-l'Estrée, le 26 mars 2002.
Dépôt légal : mars 2002.
Numéro d'imprimeur : 59184.

ISBN 2-07-042334-4/Imprimé en France.

10865